ИСТОРИЯ ВТОРАЯ "АХМАТОВСКАЯ КУЛЬТУРА"

First edition. March 28, 2020.

Copyright © 2020 Елизавета Михайличенко и Юрий Несис.

ISBN: 979-8227824530

Written by Елизавета Михайличенко и Юрий Несис.

Содержание

"АХМАТОВСКАЯ КУЛЬТУРА"

или

"НЕ ЛОЖИ МНЕ НА УШИ ПАСТУ!"

Детектив-каприччо

1. Сумасшедшая сука

Умница уникален. И хотя не очень понятно почему его алия должна была завершиться у нашего порога, да еще в предрассветном кайфе отпускного утра, я даже слегка обрадовался. Скучно не будет.

Ленка, при виде своей старой гитары, взвизгнула от восторга и принялась потрошить холодильник, а Умница, прижимая одной рукой ностальгический термос с китаянкой и цветочком, а другой — собачье отродье по кличке Козюля, в лицах повествовал, как он здорово нас нашел:

— ... а он говорит: "Не знаю и знать не хочу ни Бренера, ни русских маньяков, звонящих по ночам, потому что дешевле..."

Осознание, что в упорном поиске нашей семьи Умница перебудил с полдюжины других, примирило меня с его эйфоричным скотством. В конце-концов, найти меня по адресу, где я не прожил и недели и о котором знало во всем Израиле всего несколько человек с неизвестными Умнице телефонами — это ли не свидетельство гибкости ума и патоплатонической привязанности к моей жене Ленке.

Снизу раздраженно бибикнули.

— Мое такси, — пояснил Умница, — пусть бибикает, все равно мне его государство оплатит. Я ведь заявил, что еду в Эйлат, так шофер был очень рад покрутиться в центре... А у вас ничего городок, симпатичный. А название — совхозное. Маале-Адумим, "Красный подъем", это же надо!.. Что это он все время сигналит? А, я ведь в такси рюкзак оставил. Ну ладно, сбегаю отпущу.

В беззащитной тишине водила и Умница долго и грубо посылали русскую и марокканскую общины в разные географические и анатомические места. Окна зажигались, как счет на футбольном табло.

Из лучшей спальни (метраж, вид, балкон, "потерпите, мне уже немного осталось"), выплыла теща с челюстями в стаканчике. В моем, граненом, вывезенном с единственной благородной целью —принимать лекарство от ностальгии.

— Шобака?! — ужаснулась она, глядя на Козюлю со страхом и отвращением.

Козюля ответила ей взаимностью.

— Иж Рошшии што, вшех породиштых шобак уже вывежли?

— Мама, это приехал Умница, — объявила Ленка, — ну, Фима Зельцер, помнишь? Это моя, то есть теперь его гитара и его собака.

— Ах, Фимошка! — расплылась теща, глядя на меня. — Надо же, нашел тебя вше-таки! Он так и оштался не женат?.. Ой какой термош! Помнишь, Леношка, у наш ведь тошно такой, вы еще не давали мне его вжять. А вот Фимошка... — теща протянула руку к термосу.

Лучше бы она этого не делала. Козюля странно изогнулась, по-кошачьи, сбоку поддала по тещиному тапку и дико взвизгнула. Теща резво отпрыгнула, взмахнув рукой со стаканом, и новые ее челюсти брякнулись на каменный пол.

Пока мы втроем в приливе страха перед ценой зубоврачебных услуг ловили верхнюю челюсть, нижней занялась Козюля. Она подтянула ее к себе лапой, брезгливо подняв верхнюю губу осторожно взяла зубами, поскуливая перекусила и, поджав хвост, уставилась на нас исподлобья.

— Шука! — только и сказала теща.

Втроем шагнули мы к суке, а она вдруг закатила глаза, завыла дурным голосом и, повалившись, стала дергаться. Отдергавшись, она быстро взглянула на нас и, правильно все оценив, принялась визжать и скулить.

ЕЛИЗАВЕТА МИХАЙЛИЧЕНКО И ЮРИЙ НЕСИС

А по лестнице уже громыхали туристские ботинки — это летел на подмогу своей твари Умница. Он бросился к ней и запричитал:

— Ну что, что тут с тобой делали эти люди, Козюленька моя, умница, ну, собачка, собачка хорошая, что случилось?!

Софья Моисеевна всхрапнула и ушла в ванную. Ленка испуганно смотрела на обломки челюсти в собачьей моче.

— Десять тысяч шах[1], —прокомментировал с дивана Левик, — и мат. Хорошо, что я не согласился на ваше гнусное предложение ждать с маарехет стерео[2] до переезда.

— Умница, — воззвал я нерадостно, — у твоей суки что, крыша поехала от счастья?

Умница, убедившись в целостности сукиной шкуры, жизнерадостно ответил:

— Она у меня вообще-то сумасшедшая! Припадочная. Я ее на дороге подобрал после аварии, с проломленной башкой. Аж мозг был виден! И сам вылечил. Я для нее луч света в темном царстве. И она без меня тут же деморализуется — все жрет. И ничего с этим не сделать, потому что на привязи она воет, а в наморднике гадит.

— Она и без намордника гадит.

— Бывает, — легко согласился он. — Я лужу вытру, Ленка, тащи тряпку. У нее от страха эпилептические припадки с недержанием мочи. А это что за дрянь тут валяется?.. О боже, зубы! Козюленька, покажи зубки! — он полез суке в рот, пересчитал зубы и просиял. — Это не ее!

— Это мамины! — надрывно зашептала Ленка, кося́сь на ванную. — А твоя собака их сожрала!

— Я склею! — пообещал Умница. — Тут же полно хороших клеев!

Ленка махнула рукой:

— Какое там склею! Теперь придется снова делать!

Дверь ванной жалобно скрипнула.

— Да уж! — легко и весело согласился Умница, развязывая рюкзак. — Придется! Это уж как пить дать. Как же маме кушать без зубов? Ну, здесь ведь с этим проблем нет — полно стоматологов понаехало — пойдет и вставит.

— Дурак, — страшным шепотом объявила Ленка, — у нее же теперь жених! Как она завтра на свидание пойдет?

— Жених!? — восхитился Умница.

— Тише. В Израиле это нормально — здесь женятся в районе двадцати и семидесяти. Такая статистика. И ты со своей сукой можете ей всю жизнь испортить!

— Ну уж, — заморгал Умница, — так уж и всю. Во всяком случае, первые семьдесят лет ей испортил не я, — он вытащил из рюкзака связку копченой колбасы и потянул носом. — Спорим, у вас тут такой не делают? Давайте чай пить! А маме мы на мясорубке прокрутим и на хлеб с маслом намажем. Где тут у вас мясорубка, я прокручу!

— Сегодня будет вместе со всем багажом, — пообещала Ленка. — Мы тянули до последнего, чтобы уже в новую квартиру. Даже штрафы платили за хранение. Мы ведь всего несколько дней, как в Маалуху переехали...

— Некстати, — заметил Умница. — Нам ведь теперь всех наших созвать надо. Позвоните, чтобы привезли завтра. Но сначала позвоню я, а то все по работам расползутся...

Судя по количеству звонков, их клуб самодеятельной песни прибыл сюда в полном составе, как на гастроли.

— Умница, прекрати! — каждый раз требовала Ленка. — Ну посмотри, куда ты людей тащишь!

— Поздно, поздно отменять, — отмахивался Умница. — Алло, Лелю пожалуйста. Куда звоню? В Хеврон. Это Хеврон? Ну вот. Ты ей кто? Друг? И я ее друг, Фима Зельцер, она тебе про меня рассказывала?..

— Елка?! Здесь?! — ахнула Ленка. — На территориях?!

Действительно, трудно было представить Елку Смирнову донских казачьих кровей среди самых крутых поселенцев.

— Как она туда попала? — заверещала Ленка.

— Еще не знаю, мне только что Капланчики телефон дали, — констатировал Умница. — Она уже пару недель тут. Проводил ее туристкой к Капланчикам, а она уже и не у них... То ли поссорились, то ли рыжие тут нарасхват...

Ленка обиженно засопела:

— Капланчики мой телефон знают — тоже куда-то пропали...

— Все, все будут. Ты, Леночка, лучше бы что-то приготовила, жрать же все захотят. Ты ведь наших знаешь — им лучше жрать дать, а то они сами найдут...

Умница так ловко управлялся с Ленкой, что я с горечью осознал — последние двадцать лет супружеской жизни можно было провести гораздо спокойнее.

— А ты, Боря, лучше бы за бутылкой сгонял — все-таки столько не виделись, — снизошел он и до меня.

— Для кого лучше? — поинтересовался я, не собираясь обеспечивать алкоголем всю эту шестидесятчину.

— Для людей лучше, Боря, — доступно объяснили мне.

... К полудню в доме царил багажный карнавал. Казалось, что любимый фарфор заменил Софье Моисеевне челюсти. Ленка и Левик с визгами: "Это же мой, мое, мои" носились по комнатам. Ленка — между кухней и прислоненным к стенке в коридоре зеркалом (обязательно разобьется, ну и пусть). Левик нагромождал свои вещи во всех углах. Теща втихаря вила гнездышко в лучшей комнате. Умница, в обнимку с термосной китаянкой, дрых в полкомнате на раскладушке. Козюля отдыхала под ее брезентом.

Казавшиеся до переезда такими необходимыми полкомнаты, оказались вдруг "собачьей конурой", "карцером", "склепом, куда мне еще рано, потерпите совсем немного" и "массажным кабинетом". Никто не хотел губить в этом месте ни свою юность, ни свои последние годы, ни лучшие годы жизни, ни, тем более, зрение. И я решил полюбить Умницу за то, что он спас семью.

Сидя посреди всего этого бардака, я испытывал мучительные предотъездные эмоции — а чего было их не испытывать — вещи те же, люди те же, даже квартира похожа. Нет, серьезно, каким идиотизмом было посылать этот багаж. Я с таким трудом втиснулся в новую жизнь, уже не оглядываюсь с ужасом по сторонам, уже научился опознавать окружающее, и вдруг на меня падает ком прежнего существования под кодовым названием "мит'ан"[3], что на иврите по бедности или лаконичности, в общем — по совместительству, означает еще и "заряд". И теперь этот заряд разносит вдребезги мою надежду на новую жизнь в новой квартире, и осколками падают на меня старые боксерские перчатки, семейные фотоальбомы, хрусталь, деревянные прищепки, велосипед, Ленкина шуба, моя шапка-ушанка, клизма, ртутный прибор для измерения давления, противочумный костюм (пенсионный подарок теще от коллектива), стерилизатор с набором шприцев и игл, альпинистское снаряжение, долбаный ленкин КСП и трижды долбаная тещина люстра, которая прочно ассоциируется с гимном Советского Союза — столько лет просыпался под ними. Зря я вообще тут сидел и созерцал барахло, потому что в итоге тоскливо зарычал:

— Эта люстра здесь висеть не будет!!!

На что Софья Моисеевна значительно сказала:

— А пошему тогда эта штенка будет штоять ждешь? Это не логишно, Боря. Люштра ни в шем не виновата. Не надо было тащить шюда вше эти вещи.

Пока я ловил ртом воздух, чтобы сформулировать подоступнее кто безостановочно хватался перед отъездом то за сердце, то за буфет и клялся, что честно наживал все это, прибежал Левик и устроил истерику, что ему негде хранить лыжное снаряжение — в холле мама с бабушкой против, а на мирпесете[4] испортится, и если ему и его горным лыжам нет места в родительском доме, то он может и в пнимию[5]...

— В нашей шемье, — зашипела Софья Моисеевна, — вшегда ижъяшнялишь на прекрашном рушшком яжыке. Или на шиштом идиш. А ты говоришь на кошмарном шалате.

Я подмигнул Левику и напомнил:

— Шел с Шушей по шоссе...

Левик прыснул, теща приняла это на свой счет и быстро сориентировалась — стала звонить подругам и громко спрашивать о "штоматологе, штобы шамый хороший, пушть дорого, но быштро".

2. "Возьмемся за руки, друзья."

Напрасно я надеялся, что нормальные люди не потащатся перед шаббатом на вечеринку. Я забыл, что славный ленкин Клуб отличался целеустремленностью и упорством, а главным делом жизни считал плыть против течения, впрочем, выбирая речки поспокойнее, а виды поромантичнее. Как-то счастливо они сформировались, и что самое интересное — нравились мне по одному, во всяком случае прежде. Ленка очень нравилась. А когда на ней женился, было ощущение, что женился на всем их КСП. С утра до вечера в доме пели, пили и трепались. Нет, пожалуй до Афгана мне все это нравилось, а после уже раздражало. А теперь вообще... на чужом пиру похмелье...

... Вувос сумрачно проглотил и налил снова. Как вовремя возник Вувос сегодня! Хорошо сидим на кухне, вдвоем. В приоткрытую дверь доносится трендеж.

Мы с Вувосом, не сговариваясь, свалили с побережья. Он — в Кирьят-Арбу. Притащил на участок обшарпанный "караван"[6], устроил вокруг скульптурный дворик, сам лепит и детишкам дает. И "Галиль"[7] у него вороной, в смысле — вороненый. А "Форд" гнедой. Вестерн. А теперь вот и я в Маалухе поселился. Заезжает он ко мне всегда кстати, как получается лишь у людей, которых всегда рад видеть. Мы с ним почти друзья.

— Как там Номи? — спрашиваю я.

— Растет, как кактус меж камней и соседей. По-русски еле понимает...

Я тупо осмотрелся. С полудня кухню переполнял через край Совок с расписными разделочными досками, матрешками, самоваром и прочим "а-ля Рюс".

Из холла продолжалось:

— ...евреи — это четвертое измерение русской души. У русских все духотворчество продолжалось в неизмеримых географических пространствах, а у нас в историческом времени. И наоборот — у них почти никакой истории, у нас — почти никакой земли. Поэтому именно русское еврейство, или наоборот — русские геры [8] несут эйнштейновский релятивизм в примитивную ньютоновскую механику духа прочих народов и общин...

— Капланчик, у тебя прямо чакры вдруг открылись... Просто интеллектуально-духовный прорыв в следующий энергетический уровень, — пискнула Ирочка, моя между прочим родная племянница и единственная здесь родственница, воспитывавшаяся с пеленок как дочь КСП, что не помешало ей вырасти дурехой, правда очень экзальтированной и самоуверенной.

— Ты что, после брит-милы[9] сублимируешь? — поинтересовался Архар.

— От брит-милы я чудом увернулся позавчера, когда на циркулярной пиле работал...

Елка зашлась в своем знаменитом смехе, и Вувос решил взглянуть:

— Ладно, допивай и пойдем в народ. Песни слушать и девок смотреть.

Как по заказу Умница затянул:

— У нее был папа вертухай...

Допили что было в рюмках и в бутылке. А Умница допел коду:

— ... так что в спальне есть у нас глазок...

— Хорошая песня, — одобрил Вувос.

— Это из его раннего. Скоро он запоет: "Ее любили лишь таксидермисты".

— Вот и пошли, — оживился Вувос. — Давно я с интеллигентными людьми не общался...

Интеллигентные люди встретили нас с присущим им юмором:

— Боря! Подаккомпанируй на полицейском свистке...

— Боря, а как на иврите "пройдемте"?

— Борь, а кому лучше служить — коммунистам или сионистам?

Последняя реплика принадлежала Елке. Вувос уважительно посмотрел на ее ноги и ответил за меня:

— Все мы служим одним и тем же — навозом для удобрения этой земли для выращивания сабр[10].

Тут народ осознал, что я-то никуда не денусь, а этот бородач в кипе[11] и с автоматом может скоро улизнуть. Поэтому должно было завязаться собеседование — на некоторые лица уже выползли полуулыбки, сигнализировавшие: гнусный вопросец готов. Но неожиданно Капланчик сорвал пир вампиров истеричной репликой:

— А я не желаю ни быть навозом, ни быть с навозом! Жрите свое дерьмо сами!

Тут миролюбивый Умница снял мощным аккордом напряжение и завел:

— Ее любили лишь таксидермисты...

Козюля трогательно подвывала, а после концовки "... за калиткой рыдал некрофил" она вроде даже прослезилась. Удивительной эмоциональной лабильности собака. А затем Тамарка, жена Капланчика, напротив всегда отличавшаяся эмоциональной стабильностью, заявила, что ей по-фигу завещали ей эту землю или не завещали, что она лично ее не просила и удобрять ее не хочет. Тем более — не желает всю жизнь платить налог на наследство.

— Нет, земля-то вообще очень красивая, — робко возразила Елка.

— А тебе бы лучше помолчать, — посоветовала Тамарка. — Сидим здесь в дерьме, только и разницы, что там за гроши в клавиши тыкала, а здесь за гроши этикетки наклеиваю.

— Ну, положим, гроши все-же разные, — миролюбиво протянул Архар.

— А пальцы одинаковые! — отрезала жена Капланчика. — Они тут в магазинах пальцами в хлеб тычут! Даже для видимости вилок нет!.. Надо бежать от всего этого левантизма[12]! А эти религиозные паразиты...

Новое слово "левантизм" вдохновило Умницу на экспромт:

Как у нашего Ванюши

провалилась в жопу клизма,

все олим его считают

жертвой левантизма...

— Неужели назад хотите? — ахнула Ленка.

— Ну нет, — засмеялся Капланчик. — А вот на запад, в Новый Свет...

— Америка, — сказал Вувос. — Страна неограниченных возможностей. Можно убить человека и остаться на свободе... — тут он споткнулся о мой ласковый взгляд и смущенно объяснил мне, — в смысле, суд оправдает...

Они поговорили о Кахане[13], об Азефе, об участии евреев в революции и эволюции, о ценах на колбасу и бензин в Совке и на квартиры в Израиле. Потом Умница сделал отчет за истекший период. Он сочинил дюжину дюжин новых песен и занял третье место на конкурсе самодеятельной песни в Теберде. Выучил иврит, арабский и амхарский. Дал пощечину Берязеву, а докторскую так и не защитил, потому что смешно стало ковыряться а этих митохондриях, когда у дуры Лариски, ну помните какая она дура, вдруг получается вирус, который может за месяц-другой уничтожить Бельгию, Голландию и Люксембург. Получается из-за невероятной мутации, а она в это не врубается. Короче, Лариска вся в соплях, потому что все крысы сдохли, а новых теперь в Совке не достать, в смысле лабораторных, конечно. А я ей тогда и говорю: "А давай, Лариска, меняться — я тебе тридцать белых самцов, а ты мне это дерьмо в пробирочке." Поменялись. А Ахмат, ее шеф... Максик, ты его должен помнить — он что-то понял... "За что, — говорит, — ты Лариске крыс дал? И где, кстати, та пробирочка с дерьмом?" И усмехается в мусульманские усы. Представляете?!

— Спаситель ты наш! — заметил я.

— А то! — ответил Умница без тени иронии. — Думаешь, Ахмат не просек бы что там Лариска вырастила? Думаешь, не сообразил бы сколько ему Саддам нефтедолларов отвалит?.. Вот я тогда пробирку в термос, термос в руки, руки в ноги и к вам... А работа мне теперь гарантирована — я тут антивирус разрабатывать буду.

— Да-а, — завистливо оценил Максик, — а я уже второй год хоть и в универе сижу, но на шапировской стипендии. И тема чужая, и в штат не светит...

— Когда будешь сдавать вирус ШАБАКу[14], — сказал я, — советую добавить, что Ахмат в последние дни перед твоим отъездом впал в мусульманский фундаментализм, ходил на работу в чалме, с портретом Саддама на футболке и пять раз в день спускался с ковриком в виварий — совершать намаз.

Тут снизу жалостливо захныкало, и Козюля, придя в дикое возбуждение, метнулась сначала на балкон, а потом к двери.

— Это моя машина! — взволновался Архар, и они с Козюлей упрыгали в ночь через две ступеньки.

Странный парень. Во всем старается быть не как все. Гитара у него зеленая, сигнализация на машине не воет, как зверь, а плачет, как дитя.

... Храня верность традиции, они досидели до нераннего осеннего рассвета, и еще бы сидели, но с первыми лучами солнца в Вувосе проснулись родительские чувства и, тяжело опираясь то на перила, то на Елку, он побрел вниз во всей гусарской прелести: кипа висела, как ухо спаниеля, а автомат звонче всяких шпор чокался с прутьями перил. Покоренный Вувосом КСП послушно брел за ними. Уже с третьего этажа Умница горестно и пьяно начал звать Козюлю. Ленке так начинать знакомство с соседями не хотелось и она пыталась его нейтрализовать:

— Заткнись, Умница, я тебя умоляю! Найдется твоя Козюля сегодня же, никуда не денется. Никто ее не съест, не украдет, кому она тут такая нужна...

— Она не может без меня! — ревел Умница. — Она погибнет!

Оба они оказались правы. На крыльце завизжала Елка, и было от чего — от Козюли. Вернее, от того, что из нее сделали. Похоже, что над ее тушкой долго и старательно работал студент корейского кулинарного техникума. Елка отбежала в сторону, ее стошнило.

Все ужаснулись, протрезвели и поспешили уехать. Умница в прострации сидел на ступеньках и причитал. Балконы начали заполняться. Наконец появилась Софья Моисеевна и, перегнувшись через перила, потребовала отчета.

— Ничего, мама, — сказала Ленка, — просто кто-то Фимину собаку убил. Иди спать.

— Шобаку?! Шнова?! Вейжмир!!! — охнула теща и, держась за сердце, ушла. И так же точно за него держалась, когда явилась к нам на крыльцо — лично убедиться.

В пучине отчаяния Умница оказался слаб и покорен. Мы с Ленкой довели его до раскладушки, и он упал на нее, а мы на свои кровати.

Через несколько минут все вскочили, как по тревоге. Вопль Умницы мог означать только одно — он накладывал на себя руки, причем весьма неумело.

Умница стоял посреди холла с раскрытым термосом и орал.

Ленка заглянула в пустой термос, и они завыли дуэтом. Выбранный им способ самоубийства был ужасен, вернее, просто свинским — выжрать в одиночку всю дозу этого вируса... Лишить жизни себя, а заодно и гостеприимных хозяев, а новообретенную Родину — секретного оружия.

— Заткнитесь! — попросил я. — Что, Умница, пристрелить, чтоб не мучился?

Тут Умница перешел с бабьего визга на скупые мужские слезы:

— Боря, беда... Кто-то вирус спер.

Вот тогда я и протрезвел.

3. "Поднявший меч на наш союз..."

Всем, кроме меня, было уже совершенно ясно что произошло. Ленка, размахивая тарелкой с объедками, требовала, чтобы мы сейчас же поехали к Капланчикам — посмотреть им в глаза и сказать все, что она думает о моральных уродах, социальных паразитах, которые кусают ядовитыми зубами кормящую их грудь и продают и свой народ, и своих друзей, и вирусы иностранным разведкам, чтобы потом шагать по трупам за океан!

Ирочка же, презрительно фыркнув, сообщила, что будь Капланчикам предопределено свершить неординарный поступок, они бы не делали карьеру на упаковочной фабрике, и вибрация от них исходила бы совершенно иная. Единственный же человек из всех нас, предопределенный на неординарный поступок, это конечно же Вувос... Что значит — зачем ему вирус?! Вы же не постигаете! В поступке, кроме результата, существует еще и сам поступок! А Вувос — художник, потому что живет страстями. Что значит — откуда я знаю! Я весь вечер чувствовала, как в нем борются два желания. А вы все только и видели, как он всю ночь западал на ноги этой вашей Елки!

— А потом сублимировал и спер вирус, — подхватил Умница, — чтобы швырнуть к Ёлкиным ногам. Дитя, — вздохнул он, — Ёлкиным ногам завидовать бессмысленно, потому что они уже классика. Как и то, что Максик мне всегда, чего уж там, завидовал... Мог и вирус свистнуть, не удержаться... Просто из-за профессиональных комплексов... А с другой стороны, — задумчиво продолжил он, протирая очки полой Ленкиной кофты, — этот Архар, "зеленый", как моя тоска... Он, помните, еще в России совершенно сбрендил на почве охраны природы... Спалит мой, то есть Ларискин вирус на газовой горелке, козел, и будет счастлив...

Меня лично такой вариант абсолютно бы устроил, я даже слегка приободрился, осознав, что в принципе вирус можно спалить на кухне... Но тут Умница, как фигурки с шахматной доски, смел всех подозреваемых:

— Нет, ребята. Все гораздо проще... и страшнее. Совершенно очевидно, что термос подменил убийца Козюли... Почему? Да потому что это другой термос, не мой. Просто — такой же. А взять термос можно было только через Козюлин труп. И убийца знал это! Откуда он это знал?! Вот что важно... Понимаете, Козюля была натаскана охранять термос. Она кидалась на все, что приближалось к нему... Я специально подобрал собаку-эпилептика, потому что они зациклены на одном. И зациклил Козюлю на термос... Она, Лена, потому и зубы твоей мамы сгрызла... Она, в общем, долг выполняла. Она была... собакой долга. И умной, и преданной, вы же все видели, правда?.. А, может, у убийцы был сообщник — вор. Или наоборот... И вот что интересно — значит кто-то все спланировал заранее, пришел с пустым термосом и планом убить Козюлю... А все, между прочим, началось из-за Архара. То есть из-за его долбаной машины с ее долбаной сиреной... Все это очень подозрительно... А у Максика, кстати, аспирант-палестинец был...

Я уже начал было подозревать собственную тещу — слишком долго она молчала, но старая пифия, сверкая вороньими глазами, тут же торжественно объявила:

— А я вот што вам шкажу, молодежь! Што это вы вжали шебе жа моду подожревать во вшем ближких людей?! — тут она пронзительно глянула на меня. — А я, когда што-то пропадает, вшегда думаю кто в доме был шужой! А вшера были гружшики... А покажите-ка мне поближе ваш термош, Фимошка... Так я и думала! Это, ижвините, Фима, не ваш термош. Это мой шобштвенный термош, из нашего багажа. Видите вмятину? Это его Боря уронил, когда однажды ношью пришел пьяный. Помнишь, Леношка? Ты тогда была беременная и ошень волновалашь, што он так долго не вожвращаетшя ш опашного жадания... Вы пожволите, ешли я его жаберу? Ведь украли ваш, а не наш...

Я принес с кухни пачку пакетов для мусора и заставил тещу расстаться с новообретенным имуществом для дактилоскопии. Затем мы долго спорили кто из чего пил и надписывали пакеты со стаканами.

— Ну! — всплеснула Ирочка руками с окольцованными, как у перелетной птицы, запястьями. — Это же просто настоящий детектив!... А может быть просто пришло время человечеству вымереть. Как одному большому мамонту. И от нас ничего не зависит. Пошли спать, а?..

Тут моя жена Ленка, видимо, проснулась — она встала посреди комнаты в позе Маяковского на Лубянке и таким же гранитным голосом молвила:

— Да вы что здесь все... — потом она обвела нас взглядом рожающей коровы и отчеканила: — Я хочу точно знать сколько времени между заражением и...

— Э, — усмехнулась Софья Моисеевна, — ш "и" мы пока подождем. Термош украли, а не ражбили. Фимошка, и какой у него путь жаражения?

— Воздушно-капельный, к сожалению.

— Зато можно не мыть руки перед едой, — ободрил я присутствующих.

— Юмор у тебя какой-то казарменный, — сказал Умница. — Мне всегда не нравилось, что ты — мент, но теперь хоть ясно для чего. Ты найдешь содержимое термоса.

— В шобштвенной крови он его найдет, — каркнула теща. — А шкажите, Фимошка, на какой питательной шреде вше это рошло?

— На обычной. Агар-агар. А вы, Софья Моисеевна, — приободрился Умница, — должны Боре помочь. Как бывший врач-чумолог. Вы будете его доктор Ватсон. Или даже миссис...

Как оказалось, Умницу кое-что все-таки затыкает. Например, отвратительно громкий утренний звонок в дверь. С блаженной улыбкой и воплем:

— Разыграли, сволочи! — Умница кинулся к двери.

Звонивший выглядел так, что было ясно — он не только уже отхлебнул из термоса, но и понял, что там было. Талит[15] он волочил по полу, как умирающий матадор — мулету.

— Хорошо, што шеловек ушпел помолитьшя, — констатировала Софья Моисеевна.

— Вы уже в курсе?! — выкрикнул человек. — И знаете кто?!

Умница метнулся в мою супружескую спальню и вышел с улыбкой супермена и моим пистолетом наперевес. Гортанно что-то прооров, он приставил дуло к пузу вошедшего. Пузо позеленел и воздел руки.

— Понимает! — обрадовался Умница. — Боря, это араб. Видимо шпион. Я сразу понял. Религиозные евреи в субботу не звонят, понял, тупая мусульманская морда!

— Это шошед, — сказала теща.

— Шошед? — растерялся Умница. — Это что, идиш?

— Я сосед! — завыл пузо. — Вы же полицейский, спасите!

Я легко согласился и спас соседа. И тут же об этом пожалел, потому что сосед стал кидаться на щуплого Умницу и орать, что тот — наемный убийца.

На фоне выпущенного из китайского термоса джина, страхи соседа казались ничтожными. Пузо был председателем амуты[16], построившей на откосе неподалеку свои фанерные бараки. Собственно, бараками их обозвала бывшая зэка, а ныне моя теща Софья Моисеевна, любуясь Масличной горой с балкона лучшей спальни. Мне же они до тошноты напомнили контейнеры для багажа. Оказалось, что недавно правление в очередной раз сообщило "амутантам" о подорожании. Наиболее несознательные экземпляры тут же грубо обвинили обер-амутанта в воровстве и пообещали прирезать, как последнюю собаку. И в тушке несчастной Козюли он усмотрел "черную метку".

— Ты что, будешь заниматься этой разборкой в школьном туалете? — возмутился Умница, беспардонно разглядывая конкурента. — Ты обязан сосредоточиться на поисках... ларискиного дерьма! Потому что оно — это сейчас самое важное.., — тут Умница запнулся об остекленевший взгляд Обер-амутанта и упрямо продолжил, — да, самое важное. Для всех нас, для всей страны... и для всего человечества. И не смотрите на меня так!

Чтобы Обер-амутант действительно ТАК не смотрел, я налил ему стакан водки. И себе. И всем тоже. После этого мне стало совершенно ясно, что это все слишком смахивает на балаган, чтобы быть правдой. И если кому-то и надо бы было просигнализировать компетентным органам о нависшей над человечеством вирусной угрозе, то почему это должен делать именно я — пьяный, в отпуске, с плохим ивритом и не очень-то в эту опасность верящий, да еще и в субботу...

4. Кос кафе[17]

Спал я крепко. Еще в Афгане я придумал себе одиннадцатую заповедь: "Не планируй", потому что с теми, кто планировал, часто заканчивалось не так. В ближайшие сутки ничего воздушно-капельного нам не угрожало, вот я и спал, пока Ленка не разбудила:

— ...помог, а то неудобно. Умница не знает, где Козюлю похоронить... Вставай, а?!

— Пусть купит участок на Масличной горе! — рявкнул я и попытался уснуть.

Но за дверью уже старательно и громко, как на приеме у глухого логопеда, включилась Софья Моисеевна:

— Видишь, ему уже не терпитша! Я понимаю! Он хошет иметь ш балкона вид на мою могилу! Ну шпашибо ему, што пока он ешо шоглашен на пуштую! Пушть потерпит, мне уже недолго ошталошь!..

— Нам всем недолго осталось! — оборвала ее Ленка резким чужим голосом. — Перестань мотать всем нервы, это он о фиминой собаке.

Я сладко потянулся и распахнул окно. На всем пространстве небосвода — до самой Масличной горы — не было ни облачка, ни Машиаха[18], лишь три каменные пробирки башен... Чушь это все, не может этот придурок с китайским термосом поколебать сохранившееся в веках... А внизу понурый Умница волок в сторону амуты черный пластиковый мешок. В другой руке он сжимал лопату. Я убедился, что безутешный могильщик не спер мой пистолет, чтобы отдать Козюле воинские почести и пошел пить кофе.

ЕЛИЗАВЕТА МИХАЙЛИЧЕНКО И ЮРИЙ НЕСИС

В банке из-под кофе были одни окурки. Я даже обрадовался предлогу выйти из дома, из-под Ленкиного тревожного взгляда.

До ближайшего в нашем спальном городишке кафе пришлось брести минут двадцать по чистым изгибающимся улочкам, мимо просторных газонов и белого камня арок. Поганенькое кафе я обнаружил на Алмазной площади, в длинном, изломанном, похожем на гигантский кусок "Лего" доме. Я слишком долго искал кафе, чтобы не почувствовать себя дураком, вспомнив только сейчас, что сегодня шаббат, и ничего не работает.

В пасторальной тишине горожане прогуливали собак и детей. Собаки были наши, из России, а дети всякие. Чернявый малыш взволнованно наблюдал за этой выставкой песьих экстерьеров и требовал от знойной матери с кудрями, кольцами и сигаретой купить собаку — сейчас! Такую же, как у Владика из их группы, или у соседской Наташи. Мама, огрызаясь, сдавалась.

Я плюхнулся на скамейку, нашарил пачку сигарет, а вот зажигалка никак не находилась. Ну да, ведь в доме побывал Клуб. Я было сунулся попросить огонька у прохожего, да вовремя заметил кипу. Пришлось перебраться к знойной маме и прикурить от ее сигареты.

Ценю женщин с ухоженными руками, хотя лак был наглова́т, зато в тон помаде. Заговорил. Отвечая, она жестикулировала, сигарета, как жало змейки, нацеливалась то в мой глаз, то проплывала у волос, то выжидала почти у губ. Восток, одним словом. Жестикулировала она все время, золото украшений тихо позвякивало, голос оказался как раз то, что надо — низкий, хрипловатый. Может быть, слегка раздражали ее специфические восточные "аины"[19], напоминающие ашкеназийскому уху позывы на рвоту, да черт с ними.

Короче, напросился я на чашку кофе по-турецки, что подразумевало, как минимум, временное отсутствие мужа. Ребенок остался в песочнице — одно из преимуществ Маалухи

— дети здесь растут на улицах без родительского надзора. Каких-нибудь десяти метров не хватило для приятного завершения этого позднего утра. Метастаз Ленкиного Клуба с радостным воплем: "Я заблудился!" метнулся к нам из-под арки. Смуглянка моя инстинктивно шарахнулась от большого мальчика с совочком — Умница был в пляжных шортах и с утренней лопатой, хорошо, хоть без погребального пакета.

— Боря! — сказал он плаксивым траурным голосом, беспардонно упершись взглядом в обтянутые "тайцами" ноги моей спутницы. — А кто эта прекрасная креолка? Твой агент-информатор? Что ты успел узнать?

Я не стал отказываться от подброшенной Умницей версии. Все-таки он был очень болтлив.

— Вот и замечательно! — обрадовался Умница. — Тебе такие уже, наверное, приелись. А для меня — экзотика! Так что познакомь нас, раз у вас все равно служебные отношения.

— Умница, — взмолился я, — отвали! Ты мне мешаешь!

Умница укоризненно посмотрел на меня, как кот, вынужденный воровать мясо, потому что добром хозяин не дает, и перешел на иврит. Он поведал трогательную историю о банке из-под кофе, полной окурков, которую скот-хозяин даже не считает нужным выбросить, заставляя этим заниматься жену — прекрасную, кстати, тонкую, умную и очень-очень красивую женщину...

В результате мы попили кофе втроем, Умница декламировал какие-то газели и диваны в подлиннике, хозяйка внимала и восхищалась его багдадским произношением, а я сидел, как у телевизора, не переключающегося с арабского канала. Когда я увидел в зеркале, что лицо мое начало приобретать специфическое выражение восточного кинозлодея, то молча встал и ушел по-английски.

5. Кунаки влюбленного джигита

У подъезда стоял запыленный гнедой "Форд" Вувоса. Капот был теплый, на нем появилась еще одна вмятина от камня.

— Ты Фимку не видел? Он куда-то пропал! — кинулась мне навстречу Ленка. — Ты представляешь, в каком он ужасном состоянии после похорон!

— Представляю, — кивнул я. — Поминает... Кофе и стихами...

— Интересно, а какую надпись он сделал на могиле? — задумался Вувос.

Я развеселился:

— За шабашкой приехал? Думаешь получить здесь заказ на надгробие?

Приоткрылась дверь лучшей спальни:

— Ты бы, Боря, хоть при пошторонних швои жаветные желания шкрывал!

Теща, медленно и печально, как утром Умница — останки Козюли, вытянула в холл большой пластиковый мешок, из которого вывалилась собачья цепь и выкатился череп. Вувос поднял подкатившийся к его ногам череп и поинтересовался:

— Первая жертва вируса?

Теща, всегда не любившая моих друзей, холодно ответила:

— Это их шын откуда-то принеш.

Вувос перевел взгляд с черепа на цепь, потом на торчащую из мешка черную кожу и брякнул:

— Он что у вас, сатанист?

Софья Моисеевна побуравила его лазером своего взгляда и с апломбом заявила:

— Мой внук интерешуетшя биологией! А в мешке его вещи! — она выхватила череп, раздраженно запихнула его обратно и потащила мешок в нашу спальню.

Ленка проводила ее зачарованным взглядом и тихо простонала:

— Мама, ты что?

Теща остановилась, но не обернулась.

Ленка раздула ноздри:

— И что такого? Что, внук не может переночевать с тобой в одной комнате? Ты же знаешь, что у нас были гости!

— Я понимаю, што для ваш я штарое шушело шреднего рода, — ответила тещина спина, — но ребенок должен жить ш родителями!

— Ребенок? — вскинулась Ленка. — Ребенок прежде всего должен жить! Что ты сделал, чтобы найти вирус? Ты знаешь, чем все это может кончиться?

— Мне некогда искать вирус, потому что с утра я ищу кофе, — решил я снять напряжение.

— Знаешь что, — задохнулась Ленка, — ты или дурак, или не проспался! Ты что, не понял ситуации?! Сдохнем же все!

— Да! — неожиданно поддержал ее Вувос. — Надо ехать. Поехали, Боря.

— Куда?

— Ну... мне тут Лена все рассказала. Пробирка-то пропала... Надо искать.

Я понял Вувоса с полуслова. Действительно, выпивать, закусывать и общаться в этой обстановке было невозможно. А лучшего повода смыться — не придумать.

Понятно, что через Французскую горку, как все нормальные люди, Вувос не поехал. Мы нарочито медленно проехали через арабскую Аль-Азарию, при этом Вувос открыл окна и врубил "Боже царя храни" в исполнении Бичевской и какого-то казацкого, судя по всему, вдрободан пьяного хора. Иначе он не мог. На мой вопрос, куда мы едем, Вувос смутился и сосредоточился на дороге.

— У меня появился интерес к жизни, — поведал он после пятисотметровой паузы.

— Елка, — констатировал я и вздохнул. Это был стандартный расклад.

— Как ты догадался? — удивился он.

— Простая индукция. То, что верно для "эн", верно и для "эн плюс один".

— У меня есть ее телефон, — ответил Вувос. — И коробка конфет. Позвони-ка ты пока, предупреди. Дорогу проясни.

— Конфеты для хавера[20]? — деликатно спросил я.

— Хавера, говоришь? — задумался Вувос. — Ну ничего, главное, семью разрушать не придется. Звони, звони...

К счастью трубку взяла Елка. Предстоящий визит ее, кажется, смутил, что было несколько странно...

Дорога выдалась мирной. Мы проехали знаменитые хевронские виноградники и притормозили у медлительных и скрипучих, как замковый мост ворот в Кирьят-Арбу. "Русский" привратник буркнул Вувосу, что, мол, ты Вовка, бля, хоть бы кипу снял, если в шаббат ездишь.

— А мне можно! —заявил Вувос. — Видишь, какая у меня кипа?

Мужик внимательно посмотрел на Вувосово темечко:

— Обыкновенная, вязаная[21]...

— Это у тебя вязаная. А у меня — отвязанная.

Мужик хмыкнул, стрельнул сигарету, озираясь прикурил и спрятался в будке.

В Хевроне Вувос творил чудеса выездки и джигитовки — втискивался в узкие лазы улиц, заворачивал в закоулки, и мне стало казаться, что его "Форд" — гуттаперчевый. Проезжая Могилу Праотцев, Вувос заколебался, затем заявил, что пришло время "минхи"[22] и нужно молиться, даже если не хочется или не умеешь. Я только успел поинтересоваться, а если и то и другое? А он уже взбежал по лестнице в обшарпанный зальчик и поволок меня дальше, налево, мимо арабских комнат к еврейским. Все это дико напоминало коммуналку. Стало обидно за святыню и я нашел слабое утешение в том, что храм Гроба Господня вообще поделен шестью конфессиями, как барская квартира после уплотнения.

Нам обрадовались. Не знаю почему, но мы были всего лишь восьмым и девятым. До миньяна[23] не хватало еще одного. Пока его искали, один исчез. Пока искали двоих, я думал, что было бы с историей России, если бы русские традиционно соображали не на троих, а на десятерых...

...Наконец, Вувос резко затормозил у приличных размеров дома. Из соседнего двора неслась восточная музыка и запах кофе с кардамоном.

— А мы не ошиблись адресом? — с надеждой спросил я, оглядывая классический афганский пейзаж. Недоставало разве что верблюда, но его тут же с успехом заменил проходивший ишак.

— Не ошиблись, — процедил Вувос. — Ты не нервничай, главное, что ты успел помолиться.

Мы-то успели, а вот хозяева дома еще нет — в момент нашего появления большая семья дружно совершала намаз и косилась на нас с узорчатых молитвенных ковриков — у меня в багаже как раз пара похожих, прикроватных, надо бы их загнать в восточном Иерусалиме.

На одном из отдаленных ковриков я профессионально засек одного из вчерашних грузчиков. Интересное дело.

Ожидавшая у входа Елка, в неподобающем месту, но стандартном своем мини, от неловкости переступала с ноги на ногу, как цапля. Было полное впечатление, что арабы приникали лицами к коврикам, исключительно чтобы заглянуть ей под юбку.

Симулируя оживленность, Елка проводила нас в просторную комнату, устланную и обвешанную уже большими коврами, уставленную основательной, хоть и с завитушками мебелью. Джентльменский набор завершал большой поясной портрет раиса [24]. Я мстительно покосился на Вувоса, дождался ответного взгляда и перекрестился на портрет.

Вувос сунул Елке конфеты и мрачно огляделся:

— Пить тут не принято?

— Как у нас в школе, — хмыкнула Елка. — Главное, чтоб не при родителях.

Она осмотрела при ясном дневном свете кипу и автомат Вувоса, подумала и предложила:

— А не прокатиться ли нам, мальчики, куда-нибудь?

— Вот именно, — подхватил Вувос.

Мы уже было встали, но тут в комнату вошел широко улыбающийся усатый красавец. Пришлось церемонно ручкаться, знакомиться и снова рассаживаться. Друга звали Халиль. Он был нам рад. Он светился доброжелательностью. Пообещал, что сейчас принесут кофе. Он был врачом. Лицо его было определенно мне знакомо. Откуда — я понял только когда выломился за рамки конкретного профессионального мышления. Это было кошачье лицо Петра Великого, вернее его помеси с собственным арапчонком.

Четыре улыбки разной ширины и сладости витали над коротконогим столиком с восточными сластями. Сквозь улыбку Елка осознавала, что для присутствующих здесь друзей будет все-таки, наверное, лучше дружить с ней порознь, к сожалению.

— Пожалуй, мы с мальчиками куда-нибудь подскочим поболтать, ну, в кафе куда-нибудь, а то мне здесь как-то неловко, да и всем тоже, — ласково сказала она Халилю.

— Леля, — укоризненно пропел Халиль, — ты снова за свое, да? Тебе не должно быть здесь неловко. Оставь эти стереотипы, пожалуйста. Все мы твои друзья, интеллигентные люди, значит нам приятно провести время друг с другом...

Пришлось пить кофе с кардамоном, закусывать приторной пахлавой и слушать захватывающие истории о студенческих похождениях Халиля с Ахматом во время их совместного обучения в холодной, но такой теплой, и застойной, но такой живой Москве.

Минут через сорок мы с Вувосом и Елкой стали переглядываться, решив, что дань хорошим манерам уже отдана и можно отвалить. Халиль же поглядывал на Елку, считая что нам пора.

И тут зазвонил телефон, словно единственный наш общий знакомый почувствовал свою нужность. Оторопел от такого совпадения и Халиль, который так восторженно орал в трубку приветствия Ахмату, что даже я морщился. Он сообщил, что счастлив иметь такого замечательного друга, как Леля, и считает себя до конца жизни обязанным за знакомство с такой замечательной девушкой. Он так навязчиво благодарил за переданный через Лелю подарок, что мне даже стало интересно — что же это такое было. Наконец, Халиль торжествующе воскликнул:

— Нет ничего проще, друг! Ее незачем искать. Я просто передаю Леле трубку.

Елка пожала плечами, вопросительно алекнула и отозвалась, мол, привет, все хорошо, рада слышать, спасибо, как раз этой ночью тебя вспоминали, фу, пошляк, все вспоминали — Фимка приехал к Ленке, рассказывал про дохлых крыс и Ларискино дерьмо в пробирочке — Фимка его привез в термосе... в каком термосе? а в таком же, как у тебя, то есть абсолютно в таком же — это вообще не твой?..

Наверное, надо было вырвать телефонный провод, а я смотрел на ловящего каждое Елкино слово Халиля и надеялся, что она все-таки соскочит с темы. Но Ахмату явно было не жаль телефонного времени.

— ...ну, не знаю, говорит, что будет антивирус разрабатывать. Что, мол, вирус такой опасный, просто кошмар. Через несколько дней — полный Армагеддон! Я его, кстати, здесь видела. Не вирус, а Армагеддон. Это тут такой холм древний, Мегидо называется... Что? Да нет, Фимка сказал, что стоит ему термосом помахать, как правительство сразу ему лабораторию откроет... Ну, это ты у него уже сам спроси. Телефон? Секунду. Боря, какой у тебя телефон?..

Я, как зомби, пробормотал телефон и увидел напряженно-запоминающие глаза Халиля. Арафат с портрета напротив одобрительно взирал на нас. Вувос ерзал.

Елка положила трубку, Халиль тут же рассказал нам, как они с Ахматом долго стояли в длинной московской очереди за китайскими термосами и так замерзли, что из принципа уже взяли по два — больше, как это там говорили "в одни руки" не давали, но зато у них всегда был и горячий кофе, и горячий чай. И знаете, оба термоса привез.

Он вышел и вернулся с пресловутым термосом, прижимая его к груди, как Умница утром. Китаянка и Арафат обменялись загадочными восточными улыбками.

— Такой, да, Леля?

— Просто тот же самый, — провела опознание Елка.

— Ва-у! — фальшиво взвыл я. — Какой термос! Ну надо же, какая странная судьба — всю жизнь в России мечтать о таком, и теперь держать его в руках тут. Можно его подержать? Ничего, что я его открыл? Вот так пробка, умеют же китайцы делать термосы!

Термос, естественно, был пуст. Странно было бы получить от Халиля термос с вирусом. Однако, я продолжал восторгаться до тех пор, пока хозяин дома не заставил принять этот термос в дар. Зачем я это делал? Наверное, интуиция шепнула, что в начавшейся игре лишний термос может оказаться лишним козырем.

Вувос смотрел на меня тоскливо и презрительно, Елка — изумленно. В каком-то смысле термос был отступным за Елку. Я встал, поблагодарил за любезный прием, пожал руку:

— Будешь в окрестностях Маале-Адумим — звони...

Елка проводила нас до ворот в молчании и недоумении. В последний момент Вувос просунул в закрывающуюся калитку визитку и пригласил ее посмотреть скульптуры и картины.

6. По трупам — за океан

Подниматься домой с термосом, уподобляясь Умнице, мне не хотелось. Я решил закинуть его в багажник. Верная "Шкода" была припаркована как-то по-уродски. Ездить без меня Ленка до сих пор боялась, значит причина была веская. Скорее всего, гоняла за вирусом к Капланчикам. Километраж это подтверждал. Капот был горячим, Ленка тоже.

— Ну, что Капланчики? В глухой несознанке? — утвердительно спросил я и нарвался:

— Глухой здесь ты! И слепой!

Кажется, моя проницательность не вызвала должного восхищения ни у Ленки, ни, тем более, у "доктора Ватсона". Чтобы дать жене остыть, пришлось добавить:

— Умнице уже звонили из России? Голос с кавказским акцентом?

— Звонили... — слегка растерялась Ленка. — Только что.

— И о чем был разговор?

Ленка посмотрела на меня, как на медузу — недоуменно и брезгливо:

— Ты что, считаешь, что я подслушивала разговор?

— Что ты! Но может быть ты что-нибудь случайно...

— Не может!

Ну да, если много миллионов пионеров долгие годы воспитывать на Павлике Морозове, то появляются такие воинствующие антиподы. Очень симпатичная черта в девичестве.

— После разговора он выскочил, как ошпаренный, — процедила Ленка после некоторого раздумья.

И на том спасибо.

— Ражговор был непроштой, Боря, — Софья Моисеевна неторопливо закурила и улыбнулась мне на все тридцать два отсутствующих зуба. — От Фимошки што-то требовали, видимо вируш. Потому што он жалобно клялшя, што украли... Мне даже кажетшя, што ему угрожали. Еще он клялшя, што не убивал...

— Кого не убивал? — слегка опешил я.

— Мутанта. Так он шкажал. Я не уверена, што это клишка блатного. Фимошка утверждал, што это нешшаштный шлушай.

— Нешша... чего? — тупо спросил я.

— Инцидент, — терпеливо объяснила теща. — Роковое штешение обштоятельштв. Я думаю, Фимошка имел в виду оштавшуюшя в Рошшии культуру вируша, а не шеловека... А в конце он уже пошти кришал, штрашно нервнишал. Кришал: ”Ты шам конокрад пробирошный! Это моя идея!” А потом брошил трубку и вышкошил жа дверь...

Теща демонстрировала готовность к сотрудничеству, что было непривычно, а, следовательно, подозрительно. Может, это она? Вроде, уж ей-то точно незачем, разве что из общей стервозности. Ну да, мстит Умнице за зубы.

Слоняясь по загроможденной квартире, я вышел на балкон. Он был завален барахлом так, что курить здесь мы теперь сможем только по-очереди. Бедный Левик, все-таки выкинули его лыжи на свежий воздух. Как и мое альпинистское снаряжение. Я взял не раз бывшую в употреблении веревку и не испытал ожидаемых ностальгических эмоций. Что-то меня в ней не устраивало. Никогда я так веревку не сворачивал. Правда, перед отъездом я был в таком состоянии, что черт его знает... Но, с другой стороны, не в худшем же, чем когда в сумерках под дождем, когда мы все-таки спустились, Бизон все восхищался моей аккуратно свернутой веревкой. Обещал, что в следующий раз вместо венка положит ее мне на могилу... Кто же это ее развернул, а потом неумело свернул? После того, скажем, как спустился по ней с балкона? Да кто угодно. Клуб ходил в горы регулярно и в полном составе. Я бросил веревку и пошел к Ленке. Она остервенело рубила на кухне зелень.

— Так их! — прокомментировал я. — Изменников Родины. Изрубить в капусту!

Ленка отшвырнула нож:

— Дурак! Это действительно они!.. Хоть я и не должна была тебе это говорить... До завтра не должна была... И если я нарушаю свое обещание, то это только потому, что ты...

— Стоп. Говоришь, до завтра? Они что, уже пакуются?

— Они уже упаковались, потому что завтра переезжают в Рамат-Ган... — Ленка осеклась и уставилась на меня. — Н-не может быть... Господи, какая я дура!.. Нет, все-таки они не могли так со мной поступить!

— Конечно, — кивнул я. — Моральный кодекс исполнителя самодеятельной песни. Угробить еще пять миллионов евреев это они могли. А соврать тебе — невозможно и представить! Подумаешь, Рамат-Ган — Мичиган... Что именно ты не должна была мне говорить? Подробненько и быстро...

Быстро не получилось, а подробненько — да. Ленка камлала, как шаман, все больше впадая в транс. Под рефрен "как же они могли?" выстраивалось примерно следующее: решив бороться до конца за выживание семьи, народа и человечества, Ленка, сопровождаемая гудением, руганью и скрипом тормозов, доехала до Петах-Тиквы и обрушила на Капланчиков свое о них мнение. Первым обрел дар непечатной речи Сема. Короче, Ленку послали, и она пошла. На лестнице ее догнала Тамарка и не только извинилась за задерганного переездом на новую квартиру мужа, но и созналась, что этот дурак стащил вчера по-пьяне пробирку с вирусом, считая, что продаст его на первом перекрестке и рассчитается с долгами. Козел, конечно, теперь-то он протрезвел, все понял и ему стыдно. Вернуть стыдно, а уничтожить жалко. Сейчас его лучше не трогать, а утром они переедут, Сема успокоится и она клянется, что к вечеру уговорит его представить все шуткой над Умницей и вернуть пробирку. Только никому не надо ничего говорить до завтра — Сема просто не переживет позора. Главное, не говорить Боре, а то он начнет действовать по уставу и все испортит, простому что ему просто сложно понять, что люди хоть и делают глупости, но остаются при этом людьми и друзьями...

Дорога была каждая минута. Я надеялся, что они летят "Эль-Алем"[25], а значит раньше исхода шаббата не упорхнут. Все-таки сложно в нашем государстве экспромтом улететь в субботу.

На выезде из города я подобрал Умницу, понуро тащившегося вдоль дорожной клумбы и предложил ему автомобильную экскурсию. А потом почти всю дорогу до Петах-Тиквы развлекался, пресекая расспросы о расследовании вымышленными историями о длинных руках русской мафии, с небывалой жестокостью расправляющейся с неугодными русскими израильтянами.

Едва мы свернули с Аялона на сороковое шоссе, Умница углядел указатель на Петах-Тикву и сообразил:

— К Капланчикам? Есть улики или просто проверка?

— Есть сведения, что они пакуются.

— Дай Бог, чтобы это были они! — прочувствованно вымолвил мой спутник.

— Почему?

— Потому что они долго будут искать безопасный способ загнать вирус какой-нибудь спецслужбе... А вот если такое страшное оружие попало к каким-нибудь маргиналам... То все.

На что-то он явно намекал.

— Это к каким же?

— Например, к сатанистам... Кстати, а что это у тебя Левик ходит с такой прической?

Действительно, Левик как-то мерзко в последний раз подстригся. Выстриг широкую борозду от лба к шее. И череп этот...

Ничего про него не знаю. Пора ребенком заняться в конце-концов, а то упустим.

Уже в сумерках мы въехали на безликую окраину Большого Тель-Авива. Петах-Тиква — поселение со славным сионистским прошлым и пыльным серым настоящим города-спутника.

Я звонил, пинал дверь — соседи даже не высунулись.

— Нету дома, — не выдержал Умница. — Свалили.

— Далеко не свалят, — пообещал я.

Умница кисло кивнул, но посмотрел недоверчиво.

Аэропорт уже раскочегарился. Мы прошли все залы с регистрационными стойками. Ни в одной из очередей Капланчиков не было. Умница приуныл и, бросив на меня виноватый взгляд, ушел в туалет. Я поизучал расписание — слишком много возможностей. Прощальный взгляд Умницы мне все больше не нравился. Я нашел это отродье у ближайшего к сортиру телефона — он что-то страстно шептал в трубку по-арабски. Увидев меня, он засуетился и сложил пальцы в "ОК".

— Вундеркинд, — шипел я, оттаскивая его подальше от телефона, который наверняка уже засекли, — ты что, считаешь, что я теперь пойду в службу безопасности сообщать о термосе в багаже Капланчиков?!

Он еще упирался, гад. И отбрехивался:

— Ты просто не понимаешь, Боря! Я создавал тебе фон... После предупреждения о бомбе, сделанного на арабском языке, тебя выслушают очень внимательно... Иди, заяви, что у тебя есть агентурные данные, что в багаже Капланчиков какая-то бомба... Не говори даже, что она настоящая, в прямом смысле. Скажи, что в переносном. Ведь после моего звонка они уже будут суетиться... Что ты на меня так смотришь?!

— Да так. В переносном смысле.

— Ну вот. А когда найдешь термос... я уверен, это будет термос, они его открыть побоятся, так скажешь, что он украден у выдающегося ученого, который находится тут же, за дверью, и изымешь. А спросят что внутри, отвечай... ну, не знаю, отвечай — сперма, тем более она там действительно как питательная среда используется. Кроличья. Если что-то будет надо подписать, подпишем... Ну что ты смотришь!? Ты же не скажешь, что там вирус — всех же тогда повяжут. И меня, и Капланчиков. А всю вашу семью — в карантин.

— В какой карантин? — честно изумился я такому откровенному скотству.

— Ну-у, я думаю, как минимум, в трехмесячный, — безмятежно ответил он. — Я же не смогу взять на себя такую ответственность — утверждать, что он может быть короче... Поэтому для всех нас, нормальных людей, будет лучше, если ты пойдешь и исполнишь свой долг в целом, по большому счету. А детали — кому они нужны?..

Собственно, логики здесь было не меньше, чем скотства. Конечно, я бы из принципа предпочел действовать любым другим способом, но другого не было.

Поначалу все шло по сценарию "выдающегося ученого". Не задавая лишних вопросов, Капланчиков, со всем немалым багажом, сняли с монреальского рейса. Увидев меня, Сема просипел: "Дура!.. Обе дуры!" Меня это почему-то не обнадежило.

Шмонали их долго и обстоятельно. Нашли около пятидесяти тысяч недекларированных долларов. По-моему, ребята продешевили. Зато до чего оперативно! Даже слишком... Собраться и улететь за двенадцать часов — это еще куда ни шло. Но за это же время найти покупателя, который найдет в шаббат наличку и уже после этого собраться и улететь... слишком круто для работников упаковочной фабрики, тут Ирочка права. Так стремительно продавать вирус — слишком большой риск. Не для этой парочки. Эти бы думали, сомневались, нащупывали...

— Где термос, Сема?! — тихо сказал я ему по-русски. — Скажи где, и я попробую тебе помочь.

Он сокрушенно махнул рукой:

— Эти две дуры — моя и твоя... Мы купили билеты еще месяц назад, это легко проверить, правда? Не сложилось у нас тут, ты же знаешь... Ну и обычные дела... брали ссуды, давали гарантов... Короче, сожгли все мосты. И в последний момент Ленка на нас наезжает с этой ахинеей... Объяснить ей ничего невозможно.

Здесь я не удержался от кивка, а он, ободренный, продолжил:

— Ну пойми, восемь часов до вылета, пять часов до такси, а тут такая лажа, ни за что, ни про что... Я психанул. А Тамарка испугалась, что ты заведешься, вылет перекроешь, а там что-то из наших дел вылезет и... долговая яма. В общем, решила выиграть время, дура. Ленка, мол, никогда обещания не нарушит... Теперь-то все и вылезет. А так бы улетели...

— Да-а, — протянул я разочарованно, потому что он очевидно говорил правду. — Не держи на меня зла, Сема. Я, в общем, человечество спасал. Может, еще обойдется... вас пока только до следующего рейса задержали.

— Ты-то что... Это Тамарка — дура, да еврейское счастье... До завтра уже ничего не летит, а утром из-за этих долларов начнут наводить справки, что-то вылезет...

Ну что, билеты действительно были взяты за месяц, что хоть и не исключало возможности кражи термоса, но... это явно не они.

Умница метнулся ко мне с протянутыми руками:

— Ну?! Где?.. Почему так долго? НЕТУ?!

— Нету, — согласился я.

— Почему?!

Я объяснил:

— Ленка — дура, да еврейское счастье. — И объявил:— Завтра утром сделаешь официальное заявление в полицию.

Всю обратную дорогу выдающийся ученый ныл, что его посадят за нелегальный перевоз особо опасной инфекции и грубо льстил моему полицейскому самолюбию, уверяя, что если кто-то и сможет найти вирус, то это буду только я. И даже позволял себе гнусные намеки, что если это могут быть и члены моей семьи, и в моих интересах не выносить сор из избы.

Лишь у Мевассерет-Циона Умница смирился с судьбой и потребовал, раз так, завезти его в центр Иерусалима, чтобы последнюю ночь на свободе провести, как положено свободному мужчине, вернувшемуся на любимую родину в недобрый для него час. Бюджет на это мероприятие он определил в двести шекелей, которые тут же стрельнул у меня.

7. Жить хочешь?

Высадив Умницу на площади Сиона, у променада, я вспомнил, что дома нет кофе и решил выпить чашечку. А то и прикупить баночку в распахнувшихся на несколько часов между шаббатом и полночью магазинах.

Я сел за маленький круглый столик, выставленный прямо на брусчатку пешеходной части Бен-Иегуды, заказал двойной эспрессо, закурил, откинулся на спинку и понял, что мне хорошо. И спокойно. Впервые с момента появления Умницы, то есть за последние сорок часов. Вирус был где-то далеко, явно не в этой чашке. Люди вокруг шлялись нарядные, беззаботные, мысли мои текли вяло, зато приобретали упорядоченность.

Мимо, даже не заметив меня, прошел Умница с высокой, на полголовы выше него, тугой блондинкой. Они смеялись и болтали на ее языке. Кажется, нам обоим приятнее проводить время порознь.

Я взял салфетку и попытался составить список возможных похитителей пробирки в порядке убывания вероятности. Список, конечно, был субъективным, но что тут поделаешь.

Неожиданно для меня-суетящегося, для меня-успокоившегося Архар оказался среди первых. И это было очень кстати, потому что жил он неподалеку, можно сказать по соседству. Я вспомнил, как он жаловался, что не смотря на верхний этаж, его достали вот эти вот уличные музыканты.

Лифта в старом, с высоченными потолками, доме не было. Я слишком медленно поднимался на четвертый этаж — додумывал возможные "дебюты" предстоящего диалога. Даже свет дважды гас, и приходилось нашаривать кнопки. Наконец, добрался до двери. Глазок теперь находился в зрачке огромного синего глаза, а от пола к ручке тянулась нарисованная рука. Необычная дверь. И сирена на машине у него с вывертом, хныкала вчера, как черт-те что.

Не было у меня ни первой фразы, ни улик, нечем было его припереть. Вся надежда на психологическое преимущество и неожиданность, которые, кстати, можно слегка усилить, слегка схулиганив.

Я спустился, нашел неподалеку Архаровскую "Мицубиши" и дал ей хорошего пинка. Японка завыла не своим голосом. Стандартная сигнализация, кажется "Пиранья". Ночью было нечто совсем другое. Я даже растерялся, предвидя разборку с хозяином чужой машины, но весь набор "экологических" наклеек был налицо, вернее на заднице. Она, она.

А тут и Архар в купальном халате собственной персоной на балкон пожаловали, отключили сигнализацию и лишь потом соизволили признать:

— Боря!? Ты, что ли?!.. Что там случилось?

— Случилось! — озабоченно прокричал я. — Тебе сигнализацию подменили! Прошлой ночью она у тебя по-другому выла...

— Поднимись, пожалуйста, — попросил Артур.

Легче начинать разговор, когда тебя об этом попросили. С сигнализацией было абсолютно ничего непонятно, но ясно, что это зацепка. Моя задача теперь упростилась — держать многозначительную паузу, а он пусть говорит...

— Почему тебя интересует моя сигнализация, Боря?

— Раббанут интересуется — кто меняет сигнализации по субботам, — держать паузу легче всего за пустыми фразами.

Архар неласково улыбнулся:

— Конечно я ее не менял. Просто ночью ты слышал не мою машину. Так меня вызвали.

— Кто?

Архар постучал пальцем по стеклу шикарного аквариума, подсыпал корм и вздохнул:

— Ну... один близкий мне человек. Это уже не то, что не должно, а вообще не может тебя интересовать...

— Ошибаешься. Меня это очень интересует, — нарочито зевнул я и поозирался. Все-таки квартирка-студия — хорошее изобретение для холостяка. — Но будет интересовать недолго — до утра. Потому что утром начнется официальное полицейское расследование.

Архар сел на чурбан, служивший табуреткой и честно ужаснулся:

— Расследование чего?!

— И для тебя будет лучше, если я буду в курсе, — продолжал я свое.

— Господи, — простонал Архар, — о чем ты говоришь?! Ты же прекрасно знаешь, что я не мог убить эту несчастную собаку! Кто угодно, но только не я!

Я отвернулся к немытому окну, подавил спазм неуместного смеха и жестко сказал:

— Она вышла с тобой. Ты был последним, кто ее видел. Времени, в течение которого ты отсутствовал, было достаточно, чтобы сделать с нашей Козюлей то, что было с ней сделано.

— Сумасшедший дом, — тихо прокомментировал Архар за моей спиной.

— Возможный вариант, — холодно кивнул я, — это уже решит психиатрическая экспертиза.

Почему я над ним издевался? Надеюсь, что просто нащупывал с какого бока его можно раскрутить. В любом случае, мне повезло, что он был настолько "зеленым", что считал убийство Козюли серьезным преступлением, подлежащим расследованию.

— У меня есть алиби! — вдруг решительно заявил он. — Меня видели с момента, как я вышел из подъезда и пока я не вернулся обратно. А собачка сразу убежала.

— Кто?

Архар болезненно поморщился:

— Матан Кохави.

— Адрес.

— Не помню.

Я резко развернулся, вперил в него "следовательский" взгляд и страшно перепугался, даже пистолет выхватил. Нормальная реакция на сильный стук в окно за твоей спиной на четвертом этаже.

Архар мстительно захохотал:

— Это Ричард, — он открыл окно, в комнату впрыгнула жирная ворона и требовательно каркнула, как откашлялась.

Явно радуясь паузе, Архар проследовал к холодильнику с Ричардом на загривке. Сунул ему в клюв сыр. Я, может, тоже не отказался бы — не помню, ел ли я сегодня что-то, кроме пахлавы. Но мне не предложили.

— Адресок, — напомнил я деликатно.

Архар мерил студию, бестолково шагая от стенки к стенке. В слишком пестром халате с дурацкими кистями, он сам был похож на рыбу, мечущуюся между прозрачных стен.

— Соседний с тобой дом, в сторону школы, — с отвращением выдавил он. — Средний подъезд, третий этаж, направо. Тебе еще что-то?

— А почему он вызвал тебя таким странным способом? Почему не позвонил, не зашел? Не постучал в стекло, наконец?

— Потому что он не знал, где именно я нахожусь! — заорал Архар так, что, кажется, даже Ричард подавился. — Он возвращался домой и заметил мою машину! Что ты ко мне пристал?!

— Но когда сработала сигнализация, я помню, что ты закричал: "Это моя машина". Так?

— Мне, Боря, — чуть ли не по слогам проговорил Архар, — по моим сугубо личным соображениям не хотелось кому-либо объяснять что-либо. Для простоты и удобства.

— А почему ты так не хотел называть его? — дружески поинтересовался я, с грустью глядя на настенные часы в виде цветка. Было уже хорошо за полночь.

Бедного Архара просто всего корежило. Он смотрел на меня с неподдельной ненавистью и отвращением. В дверь позвонили, и Архар облегченно вздохнул.

Сюрпризы продолжались. В комнату вошла не кто иная, как моя собственная племянница Ирочка. Я бы и днем, увидев ее здесь, удивился бы. Впрочем, удивлены были все трое. Казалось, что Архар не ожидал увидеть Ирочку в той же степени, в которой Ирочка — меня.

Племянница тут же окропила нас какой-то ароматической дрянью из расписного пузырька и сообщила Архару:

— Это я изменила дверь. Рад?

Архар подумал, обретая дар речи:

— Ты?!.. Ну-у... в общем... оригинально...

Девица с утра успела сменить серебряные украшения на груду какого-то бисера и фенечек. Глаза ее прямо-таки блистали.

— Пьяная или подкуренная? — грозно спросил я.

Она не удостоила меня ни взглядом, ни ответом, поглощенная наблюдением за Ричардом. Наконец, она кивнула чему-то своему и сказала:

— Зайду завтра. Будь дома. Или почувствуешь, или позвоню, — на выходе Ирочка обернулась, вперила в меня горящий взгляд и строго сказала:— Лене передай привет.

Улыбаться она, видимо, перестала.

— Пожалуй, я ее все-таки провожу, — сообщил я Архару после некоторых колебаний. — А то еще вляпается куда-нибудь...

Он не стал меня отговаривать.

Провожал племянницу я по-ментовски, издали. На салфетке она проходила всего лишь под номером четыре, но этот подозрительный ночной визит поднимал ее на призовое место.

Пока я спускался, она успела откуда-то вытянуть пучок оливковых веток и теперь, зорко всматриваясь в лица прохожих женщин и мужчин, вручала избранным по веточке и о чем-то их спрашивала. В дискуссии не вступала, на улыбки и заигрывания не отвечала. Пару раз что-то уточняла и записывала в блокнотик. Когда она свернула на улицу Яффо и, не оборачиваясь, пошла в сторону Старого города, я нагло пристроился в затылок.

У центральной почты она всучила оливковую ветвь оливковой красотке с вопросом:

— Жить хочешь?

Или племянница совсем заторчала, или стала "шалом-ах-Шавкой"[26], ей же всегда нужно было быть в какой-нибудь молодежной своре. Или и то, и другое.

— Только не в этом трахнутом мире! — с чувством ответила негритянка, и Ирочка тут же достала блокнотик и записала ее телефон.

Оказалось, вопрос был стандартный, радовало лишь то, что ответы представителей разных рас и народов, типа: "С тобой? Да!" "Конечно хочу!" "Пошли!" "А ты сама выпить не хочешь?" Ирочку явно не устраивали, и телефонами она не интересовалась.

Я хотел было взять родственницу за ухо и отвезти домой, но уж больно целенаправленно шла она в Восточный Иерусалим... Уж не на свидание ли к какому-нибудь Халилю?

Места пошли малолюдные, и мне уже приходилось прятаться в тени городских стен и двигаться перебежками. От Шхемских ворот она повернула налево и попилила по Шхемской дороге. Пару раз приставала к арабам.

Так мы добрались до "Американской колонии" — популярного у иностранных журналистов и второстепенных дипломатов отеля, куда она и зашла. Там я ее и потерял. Я бестолково бродил по переходам и внутреннему дворику этого караван-сарая, отбрехивался от назойливо-услужливого персонала, пока не озверел и не отправился в дальний обратный путь к "Шкоде".

До дома я добрался полчетвертого утра и поскользнулся у входа в подъезд. Пся крев! Ступеньки были влажными от крови, натекшей от искромсанной собаки. Тушка была покрупнее, но разделали ее по той же схеме. Теперь что, каждое утро у нас в подъезде будут "сучьи метки" для Обер-амутанта?.. Но приятеля Архара я теперь тем более покручу. А вдруг этой собакой замазывают связь между убийством Козюли и кражей вируса?

Оккупированная Умницей полкомната была завешена простыней, превратившейся в экран, на котором крутили фильм Бергмана — там шептались на скандинавском наречии, шебуршились, постанывали и подхихикивали, а тени актеров со скандинавской же откровенностью проецировались на полотно. Я прошел мимо застывшего на диване Левика с чувством, что он не спит.

Тут я понял, что через час-другой в дверь будет трезвонить возбужденный Обер-амутант. И, прежде чем завалиться, вывесил на входную дверь записку: "По поводу убитых собак и надежд, обращаться только после десяти ноль-ноль".

8. "Граждане, купите папиросы"

Ясно, что проснулся я последним. Кинулся в холл, заглянул за занавесочку — Умница успел сбежать. Так спешил, сволочь, что даже "волшебный фонарь" не выключил. Решил урвать еще сутки на свободе.

Как ни странно, я оказался неправ.

— Фимошка прошил передать, — сообщила теща, — што он не мог ждать, пока ты прошнешьшя. Он поиждержалшя, ему надо поджаработать ш утра. Но это не помешает вашим планам. Он будет ждать тебя у миштары[27], на Рушшком подворье.

— Во сколько?

Теща даже растерялась. Ей, видимо, только что пришло в голову, что подзарабатывать и ждать одновременно — невозможно.

— Ну, не жнаю! — наконец произнесла она раздраженно. — Это вообше не мое дело. Но раж ты вше равно едешь в Иерушалим, то жавежи меня к штоматологу в Рехавию, Наум уже договорилшя.

В Рехавии дешевые стоматологи не практикуют. Хорошо бы знать, о чем именно ее кавалер договорился. Уж не собирается ли он поучаствовать в предсвадебных стоматологических хлопотах. Однако на прямой, но очень деликатно сформулированный вопрос я получил ушат холодного рассола:

— В нашем роду, Боря, женшины вшегда выходили жамуж ш хорошими жубами и приданым!

Я не стал спрашивать, ни какое приданое было за Ленкой, ни кто его получил, ни что она имеет в виду под собственным приданым. Молча надев форму, я собственноручно повез похожую на отретушированную фотографию прикинутую тещу навстречу моему банкротству.

Однако, Умница не обманул! Он ожидал и подзарабатывал одновременно. Понял я это раньше, чем увидел, потому что еще со стоянки услышал знакомый голос на знакомую всем с детства еврейскую мелодию:

Граждане, подайте гитаристу!
 Я ведь не прошу не сто, не триста.
 Бросьте шекель или пару
 мне в чехол из-под гитары,
 чтоб на ужин был хотя бы "Вискас".

Затаившись за елью в тени Троицкого собора, я наблюдал, как к Умнице приближается русскоговорящая группка не слишком новых олим, из тех, кого теща называет "устроенными". Выдающийся ученый подбавил слезы в голос:

Господа, я был в Союзе главный инженер,
 здесь я никому не нужный бедный старый хер,
 так подайте же мне, люди,
 ваш маскорет[28] не убудет,
 чтобы я от голода не вмер!

Ему обильно сыпанули в чехол. Умница, в знак благодарности, покачал им ручкой, как Брежнев с мавзолея и перешел на иврит, заметив компанию израильтян. С богатыми восточными вибрациями, обертонами и стонами, он сообщил им, как ему тяжело из-за безнадежной любви — далее следовало описание утянутой у меня из-под носа смуглянки. Тяжело, что нет денег пригласить красавицу даже на один единственный "кос кафе". И он просит всех мужчин с яйцами помочь ему в любви — подать на один "кос кафе". А лучше на два. А еще лучше — на много-много! Потому что он готов всю жизнь приглашать свою любимую выпить с ним чашку кофе — далее рефреном снова описание красавицы. По-моему, ему дали достаточно, чтобы пригласить на чашку кофе весь израильский филиал клуба самодеятельной песни.

На горизонте появилась респектабельная арабская семья со скорбно-уязвленными лицами посетителей КПЗ. К моему удивлению, Умница оборвал восточную мелодию, взял знакомые блатные аккорды "Отца-прокурора" и сопроводил их трагическим гортанным пением. Я готов был поставить свою "Шкоду" против новых тещиных зубов, что он пел об отце-коллаборационисте, рыдающем на тюремной могиле сына — героя интифады. Вознаградили Умницу достойно.

Затем он спел американцам в кипах, что хоть и тоскует по просторам, прериям, мустангам и макдональдсам, но Стена Плача ему милее Уолл-стрита. В чехле зазеленело.

Мне это надоело, и я, как кремлевский курсант, вышел из-за ели. Под аккомпанимент "Наша служба и опасна и трудна", я подошел к барду и прекратил чёс.

Я решил не нарушать субординацию и обратиться к непосредственному своему начальнику. Хотя фактически не успел еще с ним поработать, он при знакомстве показался нормальным мужиком. Шеф был занят, и я успел отправить термос со стаканами на дактилоскопию, а также выяснить, что Капланчики задержаны за мошенничество — несколько мелких банальных махинаций, общая сумма ущерба около ста пятидесяти тысяч долларов. Вирус здесь и близко не валялся.

ЕЛИЗАВЕТА МИХАЙЛИЧЕНКО И ЮРИЙ НЕСИС

К моему возвращению в приемную шефа, Умница приготовил вчерашний долг — причем возвратил его частично бумажками, а в основном пятишекельными монетами. Мелочь и валюту он оставил себе. Не знаю, чем это показалось секретарше — взяткой или дележкой.

— Боря, — признался он мне, — я ужасно нервничаю. Мне кажется, для нашего дела будет лучше, если ты пойдешь один.

— Черта с два! — с удовольствием ответил я.

Шеф был благодушен:

— Знаю, знаю. Мне уже звонили из аэропорта. Я тебе очень благодарен, что ты разрушил мои стереотипы о русских полицейских.

— ?

— Эта пара, они ведь твои друзья, да? Но ты доказал, что долг для тебя важнее... У тебя ведь не было с ними своих личных счетов, правда?.. Шучу.

Умница смотрел на меня с презрительным любопытством.

— У меня тут по-мелочи еще один друг, — сказал я почему-то подсевшим голосом.

— Оставь, — добродушно сказал шеф. — Зачем ты его привел? Так ты совсем без друзей останешься. Ты в отпуске — отдыхай. Я его уже видел, дал шекель. Пусть поет... — жестом разомлевшего теннисиста, вяло отбивающего шарик слева, он отослал Умницу за дверь.

Умница попятился к выходу.

— Ку-у-да?! — рявкнул я и, так как Умница застыл молча, вынужден был продолжить. — Йоав, это доктор Ефим Зельцер, выдающийся ученый из России, то есть уже из Израиля.

— Оле хадаш? — сообразил шеф, ласково глядя на это существо, и не подумавшее сменить свою "пионерскую" униформу: шорты, белая рубашка с закатанными рукавами, носки с сандалиями. Вместо лопатки, правда, была гитара, причем с пышным бело-голубым бантом.

Я тоже не без стыда вспоминаю теперь неадекватность своих первых патриотических проявлений, но это уже все-таки черт знает что... Хоть бы зачехлил ее гад, что ли.

— Кен[29], кен! — обрадовался Умница и потыкал себя в грудь пальцем. — Ани оле хадаш, ани. Ани саентист меод гадоль. Ата андестенд?[30]

Видимо, Умница действительно страшно нервничал. Наверное, такое может случиться только с полиглотом — огромный запас слов, а большие строения всегда хрупкие, всегда рушатся первыми, вот все и перемешивается. Очень интересно.

— Йоав, — серьезно сказал я. — Ситуация очень плохая. Понимаешь, угроза для всей страны, и даже больше. Он сделал очень опасный вирус.

— Он? — улыбнулся шеф. — А сколько времени он в стране?

Умница подобострастно улыбнулся и показал ему два пальца:

— Штаим йомаим. Йом, вэ од йом.[31]

— Он сделал вирус еще там, в России. Иракское бактериологическое оружие, это как грипп по сравнению с его вирусом, — пояснил я. — И привез его сюда...

— Как? — кажется, наконец-то заинтересовался шеф.

— Бэбакбук бишвиль тей![32]— брякнул Умница и сам видимо ужаснулся произнесенному, потому что тут же добавил:— Эфшар гам кафэ...[33]

Шеф действительно был хороший мужик. В ответ на все это он спросил нас, что мы будем пить.

— Еш леха кцат-кцат водка?[34] — ляпнул Умница и, видя мое лицо, поспешно пояснил:— Мне нужно срочно снять стресс. Ты же видишь — у меня лингвистический срыв на нервной почве!

— Что он сказал? — спросил шеф.

— Что нервничает...

— Савланут[35], Ефим! — шеф привстал и похлопал Умницу по плечу. — Ийе бесэдер...[36]

— У него украли вирус, — попытался я вернуться к теме. — Поэтому у него теперь стресс.

Шеф посмотрел на часы и развел руками:

— Своди его к психологу в купат-холим[37]. У него есть медицинская страховка?

— Йоав, — очень серьезно сказал я, понимая, что слушать меня будут всего несколько секунд. — Я понимаю, как это для тебя все выглядит. Но поверь, дело очень серьезно.

— Кен-кен! — завопил Умница. — Рецини! Хем афилу аргу эт а-кольба шели! Мифлацот! Мияд ахарей алия шела![38]

— Значит, суку убили, — тихо сказал шеф. — Я ознакомился с твоим личным делом, Борис. И ребята из Центрального округа меня предупреждали... Давай с тобой договоримся — со своими родственниками, любовницами, гениальными психами и убитыми суками разбираешься сам. В нерабочее время. А я делаю вид, что этого разговора не было...

Умница вышмыгнул за дверь, а меня придержали финальным вопросиком:

— Борис, секунду. А вот эта пара из аэропорта... они ведь не были твоими БЛИЗКИМИ друзьями?..

Я покидал кабинет с таким лицом, что секретарша поперхнулась кофе. Умница семенил на отлете и лепетал:

— Нескладно как-то получилось, да, Боря? Как-то я нескладно... Но у меня так не в первый раз... Разволнуюсь, и... Вот и на конгрессе в Германии, когда нас обокрали, двух слов не мог связать... Я поэтому и в шахматы играю только по переписке — от волнения дебюты забываю и глупости делаю... Может, ты меня действительно к психологу свозишь? У тебя есть хороший?

Я не мог себя заставить даже посмотреть на него, не то что ответить.

— Видел бы ты себя со стороны, — не выдержал он молчания.

— Свиреп, как ворвавшийся в осажденный Иерусалим римлянин.

— Ошибся на тысячу лет. Скорее уж, как крестоносец, — наконец обронил я.

Умница явно обрадовался, что я вступил в контакт:

— А почему как крестоносец?

Я пнул пустую банку из-под колы:

— Потому что я несу крест, поставленный на моей карьере.

— Ну-у, Боренька, — просюсюкал Умница, — ну это, конечно, обидно, но ты же понимаешь, что это в жизни не главное. А главное для нас всех сейчас — как можно скорее найти вирус... Слушай, у тебя ведь есть подслушивающее устройство?

— Целых два. Левое и правое, — я коснулся ушей и удивился, какие они горячие.

— Как же так! — огорчился он. — Я думал, что у ментов это в комплект входит. С наручниками и пистолетом... Ну а хоть элементарный паяльник у тебя дома есть?

— Кажется, в багаже... А кому вставлять будешь?

— Судьбе, Боря, судьбе. Поехали быстрее! — Умница плюхнулся на переднее сиденье с видом человека, намеревающегося распоряжаться, куда ехать. Как назло мне совершенно нечего было делать в Иерусалиме, а в Маалухе меня ждали сосед Матан и мелкие хозяйственные дела.

Я был прав — Матан оказался дома. Люди, знакомство с которыми не хотят афишировать, обычно днем бывают дома, а вечером и ночью — наоборот.

Когда я увидел Матана, все стало ясно. На этом изящном юноше средних лет с обесцвеченными кудрями был точно такой же халат, как у Архара. Из-под него торчали ноги в узорчатых черных чулках. Он как раз собирался выйти в свет и заканчивал макияж.

— Твой приятель Артур... — начал было я.

— Он мне больше не приятель! — уязвленно вскинул Матан свой птичий профиль и плавно повел плечами. — Что ты хотел еще?

Вряд ли он смотрел на меня как-то по-особенному, но мне все время казалось, что он смотрит оценивающе.

— Когда ты видел его последний раз?

Матан вздохнул и, трагически закатив глаза, поведал:

— В шаббат ночью. Он был тут, в соседнем доме, а мне не сказал. Представляешь, я весь вечер искал его по Иерусалиму, возвращаюсь домой и вижу его машину. Обрадовался, решил, что он ждет у двери. А он был у кого-то другого...

— Да-а, — покивал я. — И как же ты его нашел?

У него тоже был большой аквариум. Наверное, подарок Архара. А, может быть, они и сошлись на почве любви к рыбкам. Два одиноких гомосексуалиста, повстречались в магазине природы, дарили друг-другу рыбок... и халаты. Никогда бы про Архара не подумал.

— Я просто включил сирену на своей машине. Чтобы он сразу понял, что это я его жду. Такой сирены нет больше ни у кого, мне сделал ее один друг... До Артура у меня был верный друг, он теперь в Америке. А вы, русские, все такие! — вдруг сообщил Матан с истеринкой в голосе.

— Какие — такие?!

— Очень милые, пока не устроитесь. А потом — жестокие. Он забыл, кто его устроил на первую работу! Кто отдавал ему все свободное время! Он слушался меня, как ребенок. Шагу не ступал без моего совета. А когда я стал не нужен, то "извини, дорогой, я сегодня очень занят", и его видят в пабе с каким-то сопляком... А теперь он мне заявляет, что приехал его старый друг!

Я, было, опешил, но вспомнил "шведское кино" и попытался успокоить Матана:

— Это совсем не то, что ты думаешь. Просто собралась компания старых друзей. Мужчины и женщины. Без секса. Водка и песни.

Но успокоить Матана оказалось еще труднее, чем Ленку.

— Бессмысленно меня убеждать! — сверкнул он нарисованными очами. — Я теперь понимаю вашу ментальность! У вас же даже есть такая пословица, как это... двух новых друзей вы отдаете за одного старого... Он, наверное, с высшим образованием?

Я невольно кивнул.

— Я знал! — в тоске прошептал Матан. — Конечно, я простой человек. Школа, армия, безработица... ему со мной скучно... Он терпел меня только пока нуждался во мне. Ну ничего, они оба еще сильно пожалеют! Поверь мне!

Похоже, Козюля стала жертвой гомосексуальной ревности. И собачки на крылечке будут мне попадаться, пока Архар не вернется, или Умница не отселится. Хотелось бы думать, что второе произойдет раньше.

— Ты видел собаку, с которой вышел Артур?

Матан неожиданно обиделся:

— Неужели ты думаешь, что в такой момент я видел что-то, кроме Артура?! Я был очень взволнован...

9. Длинное ухо

Вернувшись домой и увидев лицо Левика, я только и смог спросить:

— Что-то с мамой?! Что случилось?!

Левик, едва удерживая слезы, мотнул головой и прошептал:

— Стереосистема... Он ее сломал... расковырял... нарочно... Попросил паяльник, потом попросил сходить за кофе... а сам... фашист, сын шлюхи!.. Папа, я согласен... Согласен жить в этой полкомнате! Только уберите его отсюда!

Из-за занавесочки тихо насвистывали. Я приподнял ее край — Умница воодушевленно ковырял паяльником фирменную электронную плоть.

— Знаю, знаю, — сказал он, не оборачиваясь. — Ребенок в соплях, и все такое... Но ты же понимаешь, что сейчас не это главное. Найдем вирус и купим ему новую, лучше прежней... А второй телефон тебе все равно не нужен был, правда? Посмотри, как классно получилось! — он повернул ко мне потное счастливое лицо и даже расстроился, увидев мое:— Да ты не думай, я и своих деталей много использовал, и не ширпотреб, а то, чего в магазине не купишь. Сам понимаешь, что попало с собой не везут.

То, чем он похвалялся выглядело очень неряшливо и было ни на что не похоже.

— Подслушивающее устройство? — наконец сообразил я.

— Минипередатчик и приемник! "Длинное ухо", как сказал бы Бен Иегуда[39], — радостно подтвердил он. — Смотри! — он положил в карман то, что было поменьше, щелкнул тумблером на том, что было побольше и сунул мне подсоединенную к этому телефонную трубку. — Вернее, слушай!

Он вышел в холл и постучал в дверь комнаты, которую теща считала своей.

— А, Фимошка! — заорала теща через дверь. — Жаходите, жаходите!

— Как вы догадались, что это я? — восхитился Умница уже из трубки.

— Как я догадалашь?! — с трагическим пафосом вопросила теща. — Вы думаете, я ждешь кому-нибудь нужна? Вы шшитаете, они ко мне жаходят? Только Левик, ешли ему што-нибудь нужно. Но он так ими вошпитан, што входит беж штука.

— Ну что вы, Софья Моисеевна, — миролюбиво пожурил Умница, — у вас такие хорошие дети! Вот, дали вам самую лучшую комнату...

Дали?! Как же. Сама ее захватила.

— Дали?! — возмутилась теща. — Эта квартира куплена и на мои деньги, Фимошка. Беж меня они ее никогда бы не шмогли купить. Шлава Богу, мне от гошударштва положена льготная шшуда. Я уже не говорю о моей репарации иж Германии, беж которой никаких шшуд бы не хватило. Ведь Боря же не шпошобен откладывать деньги. А Леношка не шпошобна наштоять на швоем. Так што, как видите, я более шем полноправная шовладелетша этой квартиры! Штобы они могли вжять мою шшуду, я должна была откажаться от ежемешяшной пожижненной прибавки к пеншии на шъем жилья. А это большая жертва ш моей штороны, Фимошка. Ведь мне эта квартира не нужна, я выхожу жамуж. А у Наума огромный шобштаенный дом в мошаве[40], целое помештье. Тут, под Иерушалимом.

— Значит, скоро вы нас покинете? В добрый час... А я уже собирался искать квартиру на съем, чтобы вас не стеснять, но раз так... Тогда бы я, наверное, и не мешал тут никому, раз комната освобождается...

О, Господи! Только не это. За что?!

— А жнаете што, Фимошка, — сказала теща задушевно, — я ведь подумывала — не шдать ли мне эту комнату. Наум, конешно, шеловек обешпешенный, но я вшегда шенила шобштвенную независимость, ошобенно от мужшин... Но я было откажалашь от этой идеи, штобы не вводить в дом шужого шеловека. А вам бы шдала. Жа полшены. Вшего жа полторашта долларов. Вы будете ухоженным, Леношка вшегда вам поштирает, приберет, приготовит, вы же ее жнаете. Ну как?

Убить. Обоих, одновременно. Одною пулей... Странно, почему же она не добавила, что Боренька всегда подвезет, поохраняет и займет денег?

— Я подумаю над вашим интересным предложением, — радостно сказал Умница. — Долларов за сто я бы точно согласился.

— Вы не жнаете ждешних шен на жилье, Фимошка, — пропела теща, — но, я думаю, о шене мы договоимшя...

Они у меня договорятся... раньше, чем успеют договориться. До свадьбы не доживет!.. Ну разве мне много надо? Место, куда можно прийти после тяжелого рабочего дня, и чтобы никто не доставал. Господи, неужели это так много?

— А у вас тут все так же, как в России, — в трубке зашуршало, видимо Умница протискивался среди тещиного хлама. — О, и микроскоп тут! Я помню, мы с Ленкой чего только в него не рассматривали, когда вас дома не было. Один раз чуть не сломали... А это что, такое непонятное-чудное? Ну конечно, это же в ваше время чумологи в таких работали, да?

Раздался такой звук, словно Умница ударил тещу по голове пустым тазом. Я даже дернулся. Но увы:

— Да, Фимошка. Это мне подарили коллеги, когда я вышла на пеншию... Вот, шижу тут одна, вшпоминаю. Штарые вещи, фотографии — вше, што ошталошь от жизни... Я только пожавшера, когда пришел багаж, поняла нашколько мне вшего этого не хватало... — Раздался шорох страниц, — Смотрите, Фимошка, вот такой я была в школе.

— Очень симпатичная были, — отозвался Умница.

— А вот этот юноша вы никогда не догадаетешь — кто. Вот, третий шлева...

— А я его знаю? — озадачился Умница.

— Вы о нем шлышали. Ну, ладно, не мушайтешь. Это Наум, мой жених, тогда и шейшаш.

Интресно узнавать подобное не от тещи или ее дочки, а по "длинному уху". Теперь хоть понятно, почему этот идиот на ней женится.

— Ни фига себе! — присвистнул Умница. — Это же перерыв в полвека!

— А што делать? Война... Он пропал бежвешти... Вше были уверены, што он погиб, он ведь шлужил в кавалерии, у генерала Доватора. Шлышали, наверное, про конные атаки на танки. Только одну фотографию и ушпела от него полушить — вот эту, где он на коне, видите? Лихой наеждник, правда?

— Да, орел. А конь какой! Вряд ли это его лошадь — слишком шикарная для рядового бойца. Наверное, у командира попросил сфотографироваться...

— Фимошка! Неужели вы и в лошадях ражбираетешь! — поразилась теща.

— А то! — я легко представил его довольную физиономию — Умница был по-детски тщеславен. — У меня одноклассник замдиректора нашего конезавода. Он мне много чего порассказал. Да и на ипподроме я поигрывал...

— Фимошка, а што, наш конжавод еше шущештвует? Я думала, вшех лошадей давно уже шъели.

— Наоборот. Единственное место в области, где вовремя платят зарплату. У них ценный генофонд оказался, у лошадей. Продают за границу. Про Антея никогда не слышали? Ну, это потому, что вы лошадьми не интересуетесь. Мировая знаменитость — уйма призов. А один жеребенок от него — вообще восьмое чудо света! Ему пока только два года, он еще в настоящих скачках не участвовал, но когда начнет — равных ему не будет.

— Фимошка, я шлышала, что имена хорошим лошадям дают по началу имен родителей, так?

— Нет, не обязательно. Но вот на нашем конезаводе есть такая традиция. Начало имени от матери, конец от отца. Поэтому самые смешные имена — с нашего конезавода. Помню, была кобыла Дефлорация. Смешно, да?

Ясно, что конец — от отца. Он у всех от отца. Интересно, почему я должен сидеть за занавесочкой и слушать все это? Тем более, что в доме наконец-то есть кофе... На второй чашке на кухню явился заведенный Умница:

— Ну как? Все слышал? А почему ты здесь кофеи гоняешь? Неужели не работает?

— Работает, — отмахнулся я. — Просто качество слишком хорошее — теща, как живая. Не могу в больших дозах.

Умница довольно хмыкнул:

— Это потому, что основные блоки японские, фирменные... Ладно, налей мне кофе, перекусим и поедем к Максику.

Вот-вот, Боря подвезет.

— Поедешь автобусом, нам вдвоем там делать нечего, — неожиданно резко ответил я. — Или сиди дома, а я поеду сам.

Умница посмотрел на меня, как на недоумка:

— Ты что?! Прежде, чем такое говорить, подумал бы! Зачем же мы тогда стереосистему испортили? В том-то и весь смысл, что я приезжаю к нему, как к коллеге, провоцирую его и вывожу на чистую воду.

— А я что делаю?

— Что, не догадываешься? Ясно же, что ты сидишь в засаде с "длинным ухом" и ждешь моего сигнала.

— Сигнала к чему?

— К активным действиям, конечно! Неужели ты думаешь, что он скажет мне, где прячет вирус? Ты ворвешься, дашь ему в морду, или не в морду, ты сам знаешь куда лучше...

— Лучше для чего?

— Для дела, Боря. Для нашего общего дела... Я знаю, что ты умеешь. После твоего отъезда уже не секрет, как вы в Афганистане пытали их партизан. Согласись, что сейчас у тебя гораздо больше оснований для этого!

Я уже открыл было рот, чтобы сказать, что не пытал партизан, но решил не унижаться. Умница же удовлетворенно кивнул.

Самое противное было то, что к Максику действительно надо было съездить. И если я до сих пор не сделал этого сам, то лишь потому, что не знал с какой стороны его зацепить. А Умница, судя по всему, знал. В любом случае, прежде чем начать говорить с Максиком, стоило послушать его разговор с коллегой... А прежде, чем слушать его разговор с коллегой, давно пора было позвонить насчет отпечатков пальцев.

Эксперт Элка радостно сообщила мне, что никакой экспертизы не потребовалось — термос был чист. Девственно. Как свежий снег, если я еще помню каким он бывает.

Круг сужался. Стереть отпечатки могли: Умница, Ирочка, теща, Ленка, Левик, я. Как это сказал мой новый дальновидный шеф: "...со своими родственниками, любовницами, гениальными психами и убитыми суками разбирайся сам." Впрочем, как давеча заметила моя теща, что это я сразу на своих думаю? Надо сначала проверить — был ли кто-то чужой.

Я постучал в тещину дверь и мне сразу ласково сказали:

— Жаходите, жаходите, Фимошка!

В светелке было накурено так, что в сизоватом воздухе теща теряла возрастную определенность.

— Вы все-таки слишком много курите, — не из сыновней заботливости, а из одного абстрактного гуманизма вырвалось у меня.

Теща молча препарировала меня взглядом. Затем затянулась и выдохнула:

— Да я и живу шлишком долго, так што?

Твою мать! Твою мать! Твою мать! Не связываться! Не связываться! Не связываться!

— Я зашел, чтобы спросить, кто из посторонних заходил вчера в нашу квартиру в мое отсутствие.

— В НАШУ квартиру, — удовлетворенно повторила теща, — пока ты где-то шлялшя, жаходили: Регина Боришовна, мать того шошеда, которого шуть не приштрелил Фимошка. К Левику приходили дружья, я не жнаю иж каких они шемей, это не мое дело, это дело родителей, но вше они были штранно одеты — шерная кожа, вшякие железки. И на голове пришешки, как у Левика. Я думаю, это они его наушили так штришьшя. А потом, предштавь шебе, пришли арабшкие гружшики, те шамые. Я давно хотела тебе шкажать, Боря, што огнештрельное оружие не швыряют, как ты, где попало... Гружшики шкажали, што жабыли тут какие-то ремни. И они бы нашли вмешто ремней твой пиштолет, ешли бы я его не шпрятала. Вот он, кштати, можешь жабрать.

Я покрутил пистолет. Что же она меня искушает?.. Сунул ствол за пояс. С отпечатками теперь все ясно — раз уж здесь побывал грузчик из дома Халиля... Только вряд ли они пришли стереть отпечатки. Почему они вчера должны быть умнее, чем позавчера?

Я снова позвонил Элке:

— Взгляни на левую щечку китаянки. Да, на термосе. Ямочка есть? Ну, вмятинка... Уверена, что нет? Спасибо, я так и думал.

Ай да Халиль! Только вчера днем получил информацию, обработал, согласовал с компетентными террористическими инстанциями и уже вечером выкрал термос. Или он не знает арабской пословицы: "Спешащего подталкивает сатана"... Жаль, что он не откроет термос при Елке, и я не узнаю какое у Халиля было выражение лица. Съездить, что ли, отдать за тещин битый термос с отпечатками два небитых? Или позволить это сделать Вувосу — он мне будет очень признателен...

10. Аленький цветочек

В машине Умница вел себя, как перевозбужденная болонка, только что не перепрыгивал с переднего сиденья на заднее. Вместо этого он перепрыгивал с темы на тему: то восхищался красотой пейзажа за окном, то задавал дурацкие олимовские вопросы, то возвращался к основной теме:

— Хорошо бы, чтобы это все-таки был Максик, правда, Боря?

— Для кого хорошо?

— Для тебя, Боря. И для Ленки. Правда?

У меня было ощущение, что я, задумавшись, пропустил часть нашего диалога, а теперь не могу включиться.

— Ну-у, — протянул я. — А что ты имеешь в виду?

Он преданно посмотрел на меня и изрек:

— Но ведь мы не имеем права кого-нибудь не подозревать, правда? А кроме нашего Клуба присутствовала еще и ваша семья. Да и этот твой, скульптор...

Умница поднимался к Максику, а я сидел в "Шкоде" с обычной телефонной трубкой и ловил насмешливые взгляды. Понятно, оле хадаш подражает соседу на "Мерседесе" с сотовым телефоном. Наконец, я услышал звонок в дверь, и тоненький голосок осведомился на иврите, мол кто это еще там? Мне очень захотелось, чтобы Максика с Инкой не было дома. Умница это заслужил. Я, как какой-нибудь патриций, опустил большой палец вниз. Не знаю, кто в римском пантеоне курировал моральный садизм, но этот божок меня услышал.

Большую часть жизни шестилетнего Авигдорушки вокруг него трепались взрослые дяди и тети, считавшие себя интеллектуалами. Но если моя племянница Ирочка воспринимала подобный треп, как фон для игры в куклы, то Авигдорушка внимал и уточнял в сложных местах. В Израиле русский с него слинял, как шерсть с зайца, а резонерство только прогрессировало.

Умница засюсюкал на иврите, что, мол, это дядя Фима, который забирал тебя, Витенька, из роддома, когда ты родился и научил тебя завязывать шнурки, помнишь?

— Не пизди, господин мой, — перешел кроха на русский. — Фима поднялся в страну три дня тому назад. Он не знает говорить иврит хорошо.

— Какой ты стал умный! — поразился Умница. — Но я ведь тоже умный. Вот я и выучил иврит еще в России. Я знаешь сколько языков знаю?! Разве тебе...

— Сколько? — перебил Авигдорушка.

— Двадцать! Открой, пожалуйста, дверь, я не хочу ждать родителей на лестнице.

— Два-адцать? — озадачился малыш. — Рэга... раз, два, три... нету в мире столько языков. Не ложи мне на уши пасту!

— Надо говорить: "Не вешай лапшу на уши", — автоматически поправил Умница.

— Есть у меня свой особенный способ говорить, — недовольно сообщил Авигдорушка. — Ты ведь понял, что хотел я сказать? Почему ты думаешь, что можешь говорить мне, как я должен говорить?! Просто скотство, какие вы все, взрослые, одинаковые... Это значит, что по виду вы все, конечно, разные, но как с вами со всеми одинаково тяжело!

Милый все-таки мальчик, зря его Ленка недолюбливает. Ну, подумаешь, выставил ее дурой, да еще и подытожил: "Какие вы, женщины, бедные. Даже сердитесь одинаково смешно — глаза делаете большими и кричите. Это потому, что вы слабые и сделать больше ничего не можете. Вот и пугаете."

— Конечно, я понял что ты хотел сказать, — озадаченно выдавил бездетный Умница. — Но и ты должен понять, что если ты говоришь неправильно, про тебя будут думать, что дефективный...

— На что намекаешь ты, господин мой? — строго сказал мальчик. — Какой корень в слове последнем твоем? Дефект или фиктивный? Не люблю я и то, и другое... Ты знаешь что? Ты гадкий мужик. Даже хочется мне тебя исчерпать!

— Что сделать?!

— Исчерпать! — настаивал Авигдорушка.

— Что это?

— Это чуть лучше, чем убить.

Про то, что давно пора было сделать с Умницей, лучше не скажешь.

— Так, — сказал Умница, — хватит! Ты меня впускаешь или нет? Если нет, то скажи когда будут родители.

— Есть у тебя шанс, — задумчиво сказал Авигдорушка, слегка гнусавя, как будто ковырял в носу. —Разве ты можешь доказать, что ты Фима?

— Как?! — по-деловому спросил Умница. Кажется, он понял, что попасть в дом в отсутствие Максика может быть очень полезно.

— Так. Вот на чем ты знаешь играть?

— Да почти на чем угодно! — не без дурацкой гордости ответствовал Умница. — Я играю больше, чем на двадцати инструментах.

— Опять врешь?! — возмутился Авигдорушка. — А Фима знает играть на гитаре. Ну-ка, сыграй на гитаре!

— Да нет у меня с собой гитары! — взревел Умница. — Что я — дурак тащить гитару в дом, где она и так есть!

— Тогда спой, — холодно сказал мальчик.

— Да что я тебе — артист?

— Ты мне — преступник. Пока не докажешь, что ты Фима.

— Что прикажете петь? — обреченно поинтересовался Умница.

— "Вероника-Вероничка — перезрелая клубничка", — потребовал Авигдорушка одну из самых похабных песенок Умницы.

Умица только вздохнул. И запел. Я первый раз слышал, как он поет это по-трезвому. В сопровождении подъездного эха. Может быть он просто не знал, что по статистике каждый пятый в Израиле знает русский. А в таких местах... в общем, в подъезде Максика жила, кажется, всего одна ивритоязычная семья.

— Не слышу! — восторженно орал юный Станиславский, и Умница делал громче.

Но гораздо громче стало при появлении соседки. Она визжала так, словно ее действительно звали Вероника и с ней стряслось не меньше половины того, что успел пропеть Умница. Приходилось отстранять трубку от уха. В какой-то квартире залаяла собака, к ней тут же присоединилась другая.

— Да я... да мне... — только и успевал выдавить Умница между ушатами обваривающей ругани и вдруг завизжал: — Не надо!!! Уберите газовый баллончик!!! У меня астма!!! Аллергия, понятно вам!!!

— Я знаю, что такое аллергия! — продребезжал старушечий "петербургский" голос. — А у меня, молодой человек, аллергия на подобные сальности! Здесь почти в каждой квартире есть дети!

Вдруг, сквозь вопли, визг и лай пробилось щелканье открываемого замка и ангельский голосок Авигдорушки:

— Есть дети! Шалом всем! Ой, Фима! Здравствуй! Когда приехал ты? Смотри, Вероника, смотри, госпожа Фаина, это же Фима, друг родителей моих. Он поднялся в страну три дня тому назад. Смотри, Вероника, это просто такая у них там ментальность. Слышал я, они не только поют в подъездах, но и пьют в подъездах. Скажи мне, госпожа Фаина, это правда? Да заходи же уже в дом, Фима, заходи. Шалом, госпожа Фаина, бай,

Вероника, привет Оре... — дверь захлопнулась. — Что это ты так активно смотришь на меня?

— Что значит активно? — прорычал Умница.

— Активно — это значит сердито.

— Ну ты и гад! — прочувствованно, даже как-будто с оттенком уважения сказал Умница.

— Что вдруг я — Гад[41]? — не понял мальчик. — Я — Авигдор. Если сложно тебе, то Виктор. Ты привез что-нибудь мне?

— Конечно! — прошипел Умница. — Тебе разве папа не передал? Наверное, он решил, что ты еще маленький. Потерпи годик-другой и ты это получишь.

— А что "это"? Что?! — взволновался Авигдорушка. — Мне родители мои как обычно дают все! Что для детей, что не для детей. Все дают! Что это такое, что нельзя дать? Ответь мне!!!

— Ну ты, наверное, видел, что папа привез? В красивом таком термосе.

— Что это такое — термос?

— Банка такая большая, железная, разрисованная. Женщина-китаянка на нем изображена с цветком. Видел?

— С аленьким? — оживилось дитя.

— Да, с красненьким. Видел?

— А, это... Это я видел.

Мы с Умницей затаили дыхание.

— Где?!

— Да по телевизору. Там сначала был кино, где роботы шли стадом. И там самолет наш воткнулся в самолет врага. И чужой самолет сгорел весь! А наш только разбился... И в летчика выстрелили из блейзера — и все! В кине он больше не участвовал!

— Стоп! — приказал Умница. — Давай по теме. Про термос.

— Какой термос?

— Банка. Железная. Большая. Нарисована женщина с аленьким цветочком.

— А! — обрадовался Авигдорушка. — Савланут, господин мой! В середине кина была реклама. Он говорит: "Что привезти тебе?" А она: "Цветочек аленький". А он ей коробку с конфетами! Во-от такую! Значит, они опять от меня конфеты подзапрятали! Ну так мы их сами отрыщем!..

С этого момента я слышал только прерывистое сопение, пыхтение, скрип, шорохи и стуки. Все это перемежалось авигдорушкиными высказываниями, типа: "... а мне в кине этом самих террористов совсем и не жалко. Мне организмы их жалко..."

Вдруг Умница истошно заорал:

— Ты куда?! Стой! Упадешь! Разобьешься!!! Не смей прыгать!!!

— Я Бэ-этмен! — с завываниями прокричал откуда-то Авигдорушка. — У-у-у! Я Супермен! Ага-а-а! Я новый русский! А-ха-ха!!!

Куда же это он залез? Умница дрожащим голосом пресек эту манию величия:

— Если ты дашь мне себя снять, получишь пять шекелей!

— О-кей! — спокойно согласился Авигдорушка. — Лезь.

Не понимаю, как у Максика без участия Умницы мог получиться такой сын.

Наконец, я заметил Максика, и вскоре в трубке раздались радостные приветствия и похлопывания. Я побоялся, что мне залепят в ухо, отстранил трубку и остался без первой фразы.

— ...чтобы выпить с тобой, — лицемерно объявил Умница.

Потом они долго собирали на стол, обсуждали напитки и продукты. Потом пришла Инка, заявила, что так гостей не принимают и стала перенакрывать. Потом я слушал, как они пили и жевали. Сколько раз говорил себе, что в машине всегда должно быть что-нибудь пожрать! Хоть йод пей из аптечки, да все равно он здесь не на спирту.

Потом Умница, видимо для раскачки, для светского, так сказать, разговора, завел бесконечные дурацкие лошадиные истории. Наверное, вдохновился беседой с моей тещей. На что Максик, который чем больше пил, тем грустнее становился, а чем грустнее становился, тем больше пил, неизменно повторял: "Все мы немножко лошади". Потом Умница, видимо, решил, что можно перейти на профессиональные темы и перешел. Я расслабился. Была приятная дрема под бормотание научных терминов, как под иностранное радио. Порой, как крупные капли с осеннего неба, срывались грустные слова Максика: "...все мы немножко мутанты..."

Окончательно я проснулся от звука спускаемой в унитаз воды и пьяного шепота из телефонной трубки:

— Боря! Ты слышал?! Он поверил, что его надо срочно пересеивать!.. Впрочем, вряд ли ты это понял. Ладно, слушай внимательно. Теперь Максик считает, что вирус погибнет, если до утра его не... ну, скажем не пересадить, как цветок, х-ха... Посмотрим, что он будет делать. Он должен либо меня выставить, это если вирус дома, либо сам смыться туда, где он хранит вирус. Так что смотри, не усни, тебе теперь до утра надо дежурить! Ну, это не страшно, тебе же завтра на работу не идти, ты же в отпуске... Конец связи, х-ха!

Максик никуда Умницу не выставлял и сам смываться не собирался. Наоборот, он вдруг встрепенулся и начал рассказывать Умнице что-то биологическое, а потом и доказывать. Я дремал сладко, как студент на лекции, пока Умница снова не спустил воду:

— Боря! Ты понял?! Это не он! Впрочем, где тебе понять... В общем, у него есть своя идея. Неплохая, кстати. Он ею поглощен полностью. Днем отбывает на чужой теме в универе, а по ночам подпольно экспериментирует. А ты, конечно, считаешь, что если он подпольно экспериментирует, то это уже подозрительно? Но не-ет, Боря! Это логика плебея, то есть, извини, не творческого человека... Когда ученый заражен своей идеей, он на чужие не зарится! Ты понял? Ну, оно тебе и не надо... Короче, езжай домой, а то Ленка волнуется. А я тут останусь, Максик уговаривает, да и спать хочу... Боря! А ты сам там не спишь? Ты меня слышишь? Если слышишь — посигналь!

Сейчас! Мики недавно вот так же посигналил ночью под "русской" многоэтажкой и уехал с разбитым бутылкой лобовым стеклом...

Я потянулся, разминаясь перед дорогой и услышал дикий вопль из окна:

— Бо-оря!!! Просыпайся!!! Снимай наблюдение! Бо-оря! Это не он!!! Уезжай1 Спокойной ночи!

Я поспешно выжал акселератор, от души желая Умнице скорой встречи с Вероникой и старушкиным баллончиком.

Я снова вернулся домой в начале четвертого, излишне говорить, что собачья тушка уже была приготовлена. В этот раз это было что-то породистое, возможно даже слегка знакомое — соседское, что ли...

11. "Каждой твари — по паре"

Утро началось, как у собаки Павлова — по звонку. Только вместо желудочного сока у меня выделился адреналин. Звонил Архар. Моя племянница Ирочка явилась к нему ни свет ни заря и вот только что ушла. Он не знает, чего эта дочь полка нанюхалась или вколола, но факт, что супервирус Умницы — у нее. Дура сперла его, когда вы выходили нас провожать и задержались из-за этой несчастной собаки. И твоя племянница собирается этой заразой воспользоваться! По прямому назначению! Она вообразила себя новым Ноем, а скорее, ей кто-то это внушил... Может, ею кто-то манипулирует... Боря, представляешь, она подбирает пары из основных народов, чтобы спасти их в каком-то убежище. А остальным — полная эпидемия, пандемия. А мы с ней теперь, как Авраам и Сарра, производители будущего еврейского народа. Боря, оказывается, она в меня давно влюблена... Сделай что-нибудь!

Почему все уверены, что именно я должен спасать человечество?! А сам, извращенец, даже не сообщил этой влюбленной терминаторше о своей сексуальной ориентации, чтобы хоть охладить ее пыл и выиграть время. Где я ее теперь найду?

— Почему ты не позвонил, пока она была у тебя? Где я ее теперь найду?

— Боря, она не сказала куда пошла... То есть, я не догадался спросить... У нее вообще вид очень странный был. А вела она себя...

Ну вот и все. Все-таки, значит, Ирочка. Хоть какая-то определенность, но очень странно... Не надо было обещать сестре, что присмотрю за девкой. Собственного сына вижу два раза в неделю... С кем же она связалась, идиотка? Если ею манипулируют, то, скорее всего, из "Американской колонии". Я выдернул из семейного фотоальбома Ирочкину мордашку и поехал в отель.

Перед стойкой портье я поколебался, что приложить к Ирочкиной фотографии — свой портрет на полицейском удостоверении, или портрет Агнона[42] на купюре. Выбрал нобелевского лауреата и оказался прав — мне тут же было сообщено в каком номере проживает госпожа. Поселилась в ночь на воскресенье. Будь у меня побольше "агнонов", я бы еще прикупил информации, но как раз на клубных посиделках я, как обычно, отстегнул Ирочке "на учебу". Так, примерно на трое суток в отдельном номере приличного отеля...

Коридор был пуст. Я приложил ухо к двери, она поддалась — была незащелкнута. Внутри шел какой-то разговор, слов было не разобрать. Оторожно приоткрыл дверь, она почти не скрипела. Говоривших видно не было, ирочкин голос я узнал, второй был мужской, английский для него тоже был неродной, потому что говорили они медленно, внятно, как раз для выпускника советского юрфака.

Я прошмыгнул в ванную и застыл у двери.

— А почему вы не пригласите профессиональных актеров? — спросил мужчина.

— Маэстро Михалков-Кончаловский, — важно сказала племянница, — знаменит своими удачными экспериментами с непрофессиональными актерами. Перед началом съемок мы обязательно покажем вам всем его потрясающую "Асю-хромоножку". И вы все поймете. Это не будет кино в том смысле, как вы думаете. Это, скорее, будет жизнь. Маэстро хочет сделать так, чтобы даже камер видно не было... Ну как, вы согласны?

Ну ее и заносит! Авантюристка. Вызову сестру, пусть сама ее пасет. А сам займусь Левиком.

— Ну-у... в принципе — да, — промямлил гость, — я хотел бы... а сценарий можно прочитать?

Я понял, что говоривший совсем мальчишка — от волнения проявилось неумение управлять новым взрослым голосом, сродни неуклюжести вымахавшего вдруг подростка.

— Я раздала все английские копии, — надменно сказала Ирочка. — А по-русски вы ведь не читаете? Ну ладно, я вам переведу синопсис. — Зашелестела бумага, и Ирочка торжественно объявила:— Человечество погрязло в грехах. Изменить людей не в состоянии даже Господь. Выдающийся ученый изобретает смертоносный вирус, от которого нет спасения и который может уничтожить человечество в считанные месяцы. Ученый хочет использовать открытие для наживы. Его юная прекрасная подруга слышит Глас. Господь велит ей выкрасть этот вирус, отобрать от основных народов Земли по паре достойных и спасти их от эпидемии в укромном месте...

На фиг ей все это надо? А, может, у нее крыша по-настоящему поехала? На Арарат отъезжает...

— Это как новый Ноев ковчег?! — догадался парень.

— Да! — восторженно воскликнула Ирочка. — Я знала, что я в вас не ошиблась! Фильм так и будет называться “Ковчег-2”.

— Я согласен! — захлебнулся гость. — А где будут съемки? А когда подписываем контракт?

— Завтра. В двенадцать ноль-ноль, здесь. Вы должны прибыть сюда с недельным запасом продуктов. Странно? Удивлены? Но это кино будет неотделимо от жизни. Вы будете жить по-настоящему, а это будет фиксироваться. Вы поняли великий замысел Высшего Режиссера? Для вас это — жизнь... — племянница взяла драматическую паузу. — Впрочем, если вы...

— Нет, нет! — выкрикнул парень. — Я согласен! Это, если подумать, полный кайф! Спасибо, до завтра!

Ирочка высокомерно с ним попрощалась, в щели мелькнули желтая щека, раскосый глаз. Хлопнула дверь. Я запер ее и вытащил ключ. Вошел в комнату:

— Хочу попробоваться на роль еврея-самца.

Ирочка опешила:

— Но... Мы же родственники...

— К несчастью, — прокомментировал я в стиле Софьи Моисеевны и огляделся. На стене висел самодельный плакат, с теми же глазом и рукой, которые Ирочка намалевала на двери Архара. В комнате был дикий балаган, валялись какие-то странные вещи, часть, видимо, с помойки. На племяннице было втрое больше "фенечек", и на ногах тоже. Закутана она была в какую-то тряпку с письменами, среди которых я углядел штамп отеля. Глаза сверкали. Похоже, племянница была действительно не в себе, и это все очень осложняло. Требовалось ее как-то встряхнуть, и я не нашел ничего лучшего, чем, кивнув на ее плакатик, сообщить:

— Но зато я не "голубой", как твой избранник на роль нового отца еврейского народа.

— Что?!

— Артур, говорю, очень извинялся и просил передать, что у него ничего не получится, потому что он гомосексуалист.

Ирочка замерла. Потом помотала головой, видимо сбрасывая роль ассистента режиссера и посоветовала:

— Боря, застрелись.

— Прямо здесь? И ты не боишься неприятностей с администрацией?

В ответ она саркастически рассмеялась.

— "Неприятностей с администрацией"?.. Не боюсь. Поезжай домой и, если ты любишь семью, пристрели сначала остальных.

— И Левика? — уточнил я, начиная подозревать, что она не издевается.

— Сейчас.., — она застыла и, наконец, облегченно улыбнулась:— У меня для тебя благая весть. Мне разрешили взять Левика вместо Артура. Но остальных обязательно пристрели. Нам же пока не дано знать, какая смерть от вируса. Наверняка, более мучительная, чем от пули.

Я просто не знал что делать дальше, поэтому тянул время:

— А с вами нам по родственной протекции никак нельзя?

Племянница презрительно посмотрела на меня и процедила:

— Нельзя. Человечество погрязло в грехах. Даже ты! Только что ты хотел купить себе жизнь ценой кровосмесительной связи. Застрелись, Боря.

— А растление несовершеннолетнего двоюродного брата?! — заорал я. — Ты что, совсем сбрендила? А ну, сдавай сюда пробирку, засранка!

В ответ племянница гордо выпрямилась, вспыхнула и прокричала в монаршем гневе:

— Кто?! Да знаешь ли ты, с кем разговариваешь, смерд?!

Я схватил ее за патлы и ткнул наглой мордой в стол. Несильно. Но зато немного повозил носом по каким-то бумагам, чтобы было обиднее.

— Насилуют! — завопила она на иврите. — Помогите! Помогите!

Я, к стыду своему, на мгновение растерялся, и эта дрянь тотчас же с неожиданной силой выскользнула, впрыгнула на подоконник и, выдернув из лифчика пробирку, прохрипела мне в лицо:

— Дьявол! Отойди! Выброшусь и пробирку разобью! Кровосмеситель!!!

— Тихо, тихо, — забормотал я, кляня себя и слегка пятясь — не так с ней надо было. — Не сходи с ума... прекрати...

Она зло ощерилась:

— Вон! И передай тем, кто тебя послал, что у них ничего не выйдет!

— Слушай, подруга, — сказал я, удерживая дрожь в коленках и голосе. — Ты это... поаккуратнее. Я так понял, что у тебя — миссия? Тебе прыгать нельзя. А то ты пробирку разобьешь и сама разобьешься...

Она как-будто прислушалась к моим словам, но на самом деле явно слушала что-то другое. Наконец, мне сообщили:

— Не разобьюсь.., — и вдруг, совершенно неожиданно, она резко выдернула пробку из пробирки и торжествующе прокричала:— Вот так! Пусть начинается!

Я напортачил! Она была абсолютно безумна, и с ней надо было по-другому. Я мог спасти всех. Но не спас... Она резко взмахнула рукой в мою сторону, и я почувствовал несколько капель смерти на своем лице. Рефлекторно проведя по щеке рукой, я не понял что размазал по трехдневной щетине — пот или... Я посмотрел на свою ладонь, понюхал ее и спокойно сказал Ирочке:

— Вроде как моя миссия теперь — идти разносить заразу?

Она важно кивнула.

— Ну, так я пошел. А ты успокойся. Положись на меня и ищи своих праведников, — и я вышел, напевая "Москва моя, страна моя, ты самая любимая!".

О, сладостный, сладостный, запах духов "Красная Москва"! Почему я раньше не замечал, как он прекрасен! Знакомый с детства запах мамы и ее подруг, плавно перешедший в запах тещи, не выветрившийся даже в Израиле, ибо других духов Софья Моисеевна не признавала. Вместе с товарками добывала их при всякой возможности из Совка, а последний раз вместо трех заказанных флаконов привезли один, и старые мымры честно поделили содержимое, разлив на троих по пробирочкам. И безумная Ирочка, подогретая историей про вирус, клюнула не на того червячка и сперла первую же попавшуюся на глаза пробирочку с любимыми тещиными духами. Как Софья

Моисеевна еще только их не хватилась и не потребовала, чтобы я их искал...

По моему требованию портье позвонил куда положено, и мне пришлось сопроводить племянницу в больницу и проторчать там до обеда. Врачи охотно ответили на все вопросы, но умудрились не дать ни капли пригодной для нормального человека информации. Одно было очевидно — Ирочка действительно нуждалась в госпитализации.

12. Шабашка

Свободная стоянка нашлась далековато, у доски объявлений. Самое большое объявление было на русском. Духовно-просветительское общество "Хашмонаим" приглашало на лекцию Обер-амутанта. Тема лекции была замалевана, сверху наглым красным фломастером торопливо написано: "Как украсть миллион". Может, не зря сосед принимает зарезанных собак на свой счет...

Разбитая морда Умницы отвлекла меня от мрачных мыслей об Ирочкиной болезни, и даже настроение мое слегка прояснилось. Увы, ничто скотское мне не чуждо. Интересно, все-таки один я такой, или это норма... Неужели пьяная драка двух выдающихся ученых? Или Вероника с бабулей? Или еще что-то?

— Ты имеешь к этому отношение? — поинтересовался я у подозрительно довольного Левика.

— Мир не без добрых людей! — хмыкнул сын. Вымахал он все-таки. — Пришел из школы, а он с такой мордой.

На плече Левика я заметил татуировку. И просто озверел. Мало того, что шкуру испортил, сопляк, да еще чем — пятиконечной звездой в круге. Не татуировка, а тавро какое-то!

— Это что?! — прорычал я, схватив его за руку.

— Это? А че? Это тату, — испуганно, но нагло ответил малолетка. — Ну че, пусти! У нас все так ходят!

— Кто все?! Я тебе сейчас эту дрянь без наркоза выведу! Кто тебе это сделал?

Левик хихикнул:

— Па, да ты че? Это же наклейка!

Я всмотрелся. Сволочи, почти не отличить. Чувствуя себя отставшим от жизни дураком, я отпустил Левика и буркнул:

— А почему такая дурацкая? В комсомольскую ячейку записался?

Левик пожал плечами:

— Что это такое?

Не объяснять же ему сейчас. Я потрогал переводную картинку, которую он еще и вверх ногами нашлепнул:

— Ты сначала объясни, что это такое.

— Просто так...

— Это, Боря, знак сатаны, — скорбно произнес Умница. — В твоей ситуации — надо бы знать.

Левик смущенно усмехнулся:

— Да ладно... Че, не красиво? Ну пожалуйста, я могу смыть.

Надо, надо ребенком заняться. Придет Ленка, поговорим вместе...

Умница от вопросов о морде уклонялся. Так, мол, какая-то шпана привязалась по дороге. Звучало как-то слишком уж по-российски, и я продолжил расспросы: где, когда, как, зачем, почему. Умница дергался, путался и в конце-концов, припертый к стенке, психанул и нагло заявил:

— А не твое дело. Это мое личное дело. Без тебя разберусь! А ты вирусом занимайся, не отвлекайся.

В чем-то он был прав — вирусом надо заниматься, а не его мордой. Тем более, что в процессе поиска выплывают порой какие-то дурацкие вещи, глядишь и мордобой, как "Красная Москва" выплывет.

Я сварил крепкий кофе и достал потрепанную салфетку из кафе со списком подозреваемых. Поредел списочек. Теперь возглавляла его Елка. Еще был Вувос и члены моей семьи. Поэтому, если отбросить экзотику вроде меня-лунатика или Умницы-шутника, то все сводилось к ограниченному числу вариантов. Но покрутить их всерьез не удалось — пришла Ленка, запричитала над мордой Умницы и начала ею заниматься. Левиком бы лучше занялась. Тогда я сказал про Ирочку. Ленка запричитала еще сильнее и повела параллельный допрос — у меня выясняла подробности о племяннице, а у Умницы — о драке. В конце-концов мы оба озверели, и я, чтобы не пересказывать одно и то же в третий раз, позвонил Вувосу.

Скульптор был дома и в превосходном настроении. Причина была банальна. Вчера с утра к нему явилась Елка. Она сумела оценить его творчество и вообще, они провели вместе упоительный день.

— Ты можешь себе представить, что она стреляет лучше меня?! — восхищался Вувос.

— В кого же это вас угораздило?

— Ха. В летающие одноразовые тарелки. Мы пикничок в Иудейской пустыне устроили... Слушай, ты не в курсе, с ее паспортом нас в Синай впустят? Понырять. А то она большую аквалангистку из себя строит, надо бы проверить. Да и вообще...

Таким Вувоса я еще не видел, то есть не слышал. Впрочем, это было типичное мужское состояние в прологе романа с Елкой. Про эпилог я решил не рассказывать. Разве чуть сбить восторженность, чтобы меньше комплексовал потом:

— Тебе агар-агар не слишком на мозги давит?

Ленка и Умница дружно уставились на меня. Она недоуменно, он недовольно. А Вувос продолжал токовать:

— Хорошая баба. Устроила мне скандал из-за вши.

— Даже до этого дошло? — с притворным ужасом спросил я.

— Пошляк, — как-то даже обиделся Вувос. — У Номи. На голове. Увидела какую-то маленькую вошь и это... Схватила Номи, мыла ее, стригла... Не каждая бы. А сегодня утром приехала, пока меня не было, такую уборку провернула — генеральную. Все на положенных местах, и ничего не могу найти. Даже Номи. Даже саму Елку. Ты, кстати, не в курсе — куда она делась?

С Вувосом было все ясно — даже если это он спер вирус, то в ближайшее время пускать в дело его не будет.

— Боренька, — прыснула Ленка, как только я положил трубку, — скажи, пожалуйста, как ты себе представляешь "агар-агар"?

— Смутно, — осторожно ответил я. — А что тебя так развеселило?

— Ну а все-таки?

— Да, — перебил ее Умница, — чуть не забыл! К тебе, Боря, через пять минут явится делегация. Уважаемые люди. Лидеры духовно-просветительской организации "Хашмонаим", ну, которые скворечники на склоне строят.

— Прошмонаем? Кого? — вступила прямо с порога Софья Моисеевна. — Фимошка, што вы имеете в виду?

— Какой ужас! — взвилась Ленка. — А у нас такой бардак! И ты, Фимка, только сейчас об этом говоришь?! Мама, давай хоть что-то приберем... А кто именно будет? Сосед?

— Ну да, с утра заходил этот Обер-амутант, а с ним еще один. То ли бухгалтер, работающий у этих амутированных раввином, то ли наоборот, я не вникал.

— Как это — наоборот? — не поняла Ленка.

— Увидишь — поймешь, — ухмыльнулся Умница. — В общем, сам разбирайся, Боря. Я им сказал в три прийти.

Ленка бестолково металась по холлу, как залетевшая в квартиру сорока, хватая все, что плохо лежало. При этом она информировала тещу о психозе в семье. Теща пронзительно смотрела на меня, понимающе кивала головой и все недоверчиво переспрашивала, что неужели таки никогда никто в моем роду не страдал психическими расстройствами...

Ровно в три явилась странная парочка. Обер-амутант с кем-то, похожим на нового русского из старообрядцев — то есть "умерщвленная" плоть в спортивном костюме "Адидас", носки с босоножками, сталактит длинной жидкой неухоженной бороды и взгляд, что-то выискивающий на верхней полке то ли книжного шкафа, то ли кладовки. Все это венчала кипа. А взгляд

Обер-амутанта наоборот, выискивал что-то на нижней полке то ли шкафа, то ли кладовки. А, скорее всего, он просто боялся наступить на зарезанную собаку.

Узнав, зачем они пришли, я рухнул в кресло и долго нервно смеялся. А перестал только встретив пристальный докторский взгляд Софьи Моисеевны. А потом эта ведьма многозначительно кивнула на меня — Ленке. Похоже, я поймал тремп на диагнозе племянницы.

Кажется, моя загубленная Умницей карьера пошла на второй виток. Я получил первый заказ как частный детектив, подозрительно похожий на мое первое задание в израильской полиции — найти убийцу убитых собак. Мой смех произвел впечатление — амутанты попереглядывались и назвали сумму, превышавшую мои ожидания. Наличными. Этого даже могло бы хватить на тещины зубы. Интересно, откуда у них такие деньги на такую фигню?

— Кого вы сами подозреваете? — задал я дежурный вопрос.

— Я же вам все рассказывал еще в первый раз, когда заходил, — слегка раздраженно ответил Обер-амутант. — Правление амуты вынуждено было повысить цены на квартиры. Не все это правильно поняли. Мы люди в строительстве неопытные, нас подвели, мы запутались... В общем, были намеки, обвинения и даже угрозы.

— Кто вам кажется наиболее опасным? — продолжал я страндартную процедуру.

Обер-амутант пожал плечами, а второй проблеял:

— Э-э... пять последних.., — он задумался, — купивших квартиры семей... — он снова замолчал, — наиболее агрессивны... — пауза. — Они считают.., — тяжелая пауза, — что, заключая с ними договор.., — бесконечная пауза, — мы знали о повышении цены.

Уф. Главное, больше не задавать вопросов, а то это никогда не кончится. Возникало ощущение, что каждое слово он рассматривает со всех сторон и обнюхивает, как пенсионер на рынке — апельсин. Я встал, положил задаток в карман, и мы попрощались, как сообщники...

— Интерешно, — прокомментировала Софья Моисеевна, — школько шуток этот шеловек шитает пашхальную агаду[43]?

— Дареным зубам в коня не смотрят! — весело ответил я, похлопав оттопыренный карман.

Умница и Софья Моисеевна подозрительно на меня посмотрели.

— Боря, а при шем ждешь конь? — встревожилась теща.

Хотелось мне выдать достойную реплику, да не подворачивалась. Выручил телефон. Звонил Вувос. Я было открыл рот, чтобы куртуазно сообщить ему, как вовремя он позвонил, но что-то в его тоне заставило эту фразу проглотить. Елка украла Номи. Я не стал ничего уточнять, только заставил его пообещать ничего не делать до моего приезда.

Видимо, я не "удержал" лицо. Три пары глаз смотрели на меня с явным интересом, который я проигнорировал.

— Если до полуночи не вернусь, сядешь в засаде у подъезда, — сообщил я Умнице.

— Сколько? — с готовностью спросил он.

— До первых кобельков, — отрезал я, запихивая в карман запасную обойму.

— Да не это, — возмутился он. — Сколько ты мне в час за это будешь платить? Это ведь ночное дежурство! А лучше давай договоримся о моем процентном участии.

Я так резко повернулся ,что он даже шарахнулся.

— Давай. Девяносто процентов тебя устроят? Вот и хорошо. Это твое процентное участие в зубах моей любимой тещи, сожранных твоей любимой сукой! — и я успел захлопнуть дверь прежде, чем Софья Моисеевна успела отреагировать. Стареет теща. Уже не та реакция.

13. Киднеппинг

Не думал, что без сирены и "мигалки" можно так быстро доехать до Кирьят-Арбы. Формально Вувос казался так себе отцом. Но я-то знал, что он может сделать ради Номи. Потому так и спешил. Нет, ну почему человеку так не везет с бабами?!

Я пронесся мимо Вувосовых скульптур, зацепив одну и запнувшись за другую и уже схватился за дверную ручку. С той стороны сильно вмазали в дверь. Я осторожно приоткрыл ее. На уровне моего лица, в нарисованном лице Елки вибрировал десантный нож. Надо полагать, это он так по-суперменски страдал, романтическая курва!

— А если б я чуть раньше открыл?!

— Увернулся бы.

В караване было убрано и противно. Из творческого гнезда он превратился в нищенскую лачугу. Вувос сидел напротив входа в готовности "номер один", словно ждал, что я ему сразу скажу куда идти и что делать. Но, встретив мой вопросительный взгляд, отрывисто спросил:

— Вирус нашел?! Нет?! Хреново... Тогда садись. Видишь, опять с этими бабами... Короче, про вчера ты знаешь. С утра крутанулся по делам в Иерусалиме. Вернулся — никого. Не придал значения. Номи обычно по соседям... Елка — ну, свободная женщина... Захотела — приехала, захотела — убрала и уехала. Шмон это был под видом уборки, понял? Тут ты позвонил. А потом она. Говорит, ситуация такая, извини. Короче, у нее там, в России, сына украли.

— Олежку?!

— А хрен его знает. Какие-то кавказцы. Один ваш общий знакомый. Тот, с которым она в Хевроне по телефону говорила.

— Ахмат?!

— Да. Он как-то по-крупному влетел из-за вашего Фимы. Они вроде оба этот вирус вырастили, а этот ваш козел перед отъездом всю оставшуюся порцию уморил.

— Ага, — осенило меня. — Ну да. Все правильно — "мутанта убил".

— Кого? — Вувос тупо посмотрел на меня и махнул рукой. — Ну, неважно. Короче, сына ей вернут только за вирус... Нужен вирус, Боря. Надо найти.

Надо. Причем, в собственной семье. Потому что остальные варианты пристрелены дуплетом. Если, конечно, отбросить всякую экзотику, типа мистификации мента для отмазки. Найти, чтобы отдать арабским террористам?

— А почему Елка решила, что вирус у тебя?

— Н-не знаю... Она уходит от ответа. Явно ее кто-то навел. Не знаешь, кто?

Я не знал, конечно, но очень даже догадывался. В нашей благословенной стране морды среди бела дня случайным людям просто так не бьют. Только по знакомству. Или по необходимости.

Я набрал номер Максика.

— Привет, — отозвался он почти сразу. — Ты все еще у меня под окном?

— Кто Умнице морду разбил? Ты или соседи?

— А он что, с разбитой мордой? Как интересно! — оживился Максик. — Я его поздним утром сдал целым и невредимым Елке лично в белы рученьки. В машину с синим номером. Откуда у нее арабская машина, не знаешь?

— А откуда у нее в Совке был лемур?.. И куда она Умницу умчала?

— Разве не к тебе? Слушай, я думаю, что это авария. Умница расквасил морду о панель и пускает романтический туман. А у Елки что? Нормально? Ну, ладно. Будешь ночью под окном — заходи. Бай.

Я положил трубку. Хоть что-то прояснялось:

— Умница тебя подставил.

— Зачем? — искренне поразился Вувос. — Почему?

— Судя по всему — пыток не выдержал, — пожал я плечами. — Елка каратэ когда-то занималась... Может, нам ее поискать у Халиля?

— Бесполезно. Она сразу предупредила, что она с Номи даже не в Хевроне. Где-то в дальней деревушке.

— Поехали спросим у Халиля адресок? Чем мы хуже Елки, и чем он лучше Умницы?

Вувос помялся:

— Нет смысла. Был я уже там. Не мог же я тебя ждать на самом деле! Дом вымер, никого. Соседи ничего не знают... Что будем делать?

— Не знаю, — честно сказал я. — Может, в полицию сообщим? Есть же какие-то информаторы, может, что и выплывет..

— Не сообщим, — категорично отрезал Вувос. — Знаю я эти операции по освобождению трупов заложников... Слишком рискованно. Вирус надо найти.

Я подумал и решил, что точки над "и" мы будем ставить сразу:

— Нашли. И потом?

— И потом сообщить в полицию. Когда Номи заберем. Что у них вирус.

— И?

Вувос снова метнул нож в дверь. Нож отскочил от Елкиного лба и упал на пол.

— И пусть потом решают профессионалы. Хоть бомбят, если надо...

— Старик, — сказал я грустно. — Все гораздо хреновее, чем ты думаешь. Я уже был в полиции по поводу вируса.

— И что?

— И больше не пойду. Мне намекнули, что изобретателю вируса нужен психиатр. Короче, пока не начнется эпидемия, они этим заниматься не начнут... В общем, нельзя отдавать арабам вирус, даже если его найдем. Что, кстати, тоже маловероятно.

Вувос помрачнел окончательно, встал, пометался по комнатушке каравана, как по клетке и прорычал:

— Поехали!

— Ко мне? — утвердительно спросил я.

— К тебе. То есть, к нему.

Мы решили сначала выяснить, почему Умница навел Елку именно на Вувоса, а потом заставить мерзавца сделать имитацию злосчастной пробирки, благо пустых термосов в хозяйстве было навалом.

14. Вечер в семейном кругу

Добраться до Умницы оказалось непросто, он был подобен локтю — близко, да не укусишь. Стоял еще ранний вечер, но Умница уже залег за занавеской. Ленка с тещей нервно курили на кухне. На столе красовался не первой свежести букет. Из-за занавесочки неслось страстное "чириканье".

— Что это? — не понял я.

— Это черт знает что! — довольно громко прошипела Ленка. — Привел какую-то хунвейбинку среди бела дня! Сунул мне цветы и конфеты прежде, чем я успела рот открыть. Конфеты потом унес — угостить даму... Левика пришлось отправить к приятелю. А он уроки не успел сделать!

— Неправда, Леношка, — вступилась теща. — Уроки он шделать как раж ушпел. Тебя не было, а Фимошка с Левиком жанималшя математикой. Ни ражу не видела, штобы это делал родной отеш.

— Мама! Но у нас же ребенок в доме!

Теща длинно усмехнулась и пустила кольцо дыма:

— Ах, Леношка... Вше проишходящее с Фимошкой имеет к тебе, конешно, непошредштвенное отношение, но жашем же так оштро вше это вошпринимать...

— Какое еще отношение? — Ленка, с заранее оскорбленным лицом, поддавалась на провокацию.

— Ну-у, — теща посмотрела на меня и ласково пояснила:— Не штоило этого говорить при Боре и пошторонних, но раж уж ты наштаиваешь... Мне кажетшя, што Фимошка демонштрирует тебе швой шекшуальный темперамент. Он до ших пор переживает твой шкоропалительный брак...

Ленка задохнулась от неловкости:

— Какой скоропалительный брак?! При чем тут я?! Пора ему вообще подыскивать себе квартиру, или бордель, как ему больше нравится!

Софья Моисеевна покивала, по-вороньи наклонила голову и нейтрально произнесла:

— Фимошка хошет шнимать мою комнату. Когда я уйду жить к мужу.

— ЧТО?! — пискнула Ленка и беспомощно посмотрела на меня.

— А што такое? — холодно бросила Софья Моисеевна. — Я хотя бы буду шпокойна, што мой внук полушит багрут[44].

Ответив Ленке взглядом, типа "твою мать", я уставился в потолок. А Вувос неожиданно заржал и громко, зло объявил:

— Не волнуйся, Лена. Сейчас я с ним поговорю, и больше он баб водить не будет. Никуда. Разве что в кино.

Все притихли. За занавесочкой жалобно захлебнулась последняя трель. Через несколько минут Умница, прижимая к себе, как заложницу миленькую раскосую девчушку, попытался прорваться на улицу.

— Я сейчас... только провожу ее до остановки и сразу же вернусь, — твердил он, как заклинание. Китаянка стойко улыбалась — просто еще один оживший термос.

— Вместе проводим, — прогудел Вувос. — Чтоб тебе снова шпана морду не набила. Пошли, Боря.

Под одинаковыми недоуменными взглядами мамы с дочкой мы удалились.

Минуть десять молча постояли на остановке, рассматривая огоньки фар на иерусалимской дороге и огоньки звезд над ней. Подошла расфуфыренная теща. Не перестаю удивляться, как ей удается собираться так быстро, а главное — почему она не научила этому Ленку. От нее несло незнакомой мне парфюмерией.

Странно, что она еще не обвинила меня в распитии ее пробирочки с "Красной Москвой".

Когда подошел автобус, Вувос положил лапу на щуплое плечо дернувшегося Умницы, и мы дружелюбно помахали поджавшей губы Софье Моисеевне и непроницаемо улыбавшейся китайской сестре.

— Пожалуй, я пойду, — задумчиво проговорил я, глядя вслед удаляющемуся автобусу. — А то у Вовы из-за тебя дочку арабы похитили... Не хочу я быть свидетелем того, что сейчас будет...

— Боря, не уходи! — мяукнул Умница. — Вова, ребята, я не виноват! То есть, виноват, но не совсем... Объективно не виноват! Я объясню, вы поймете. Она меня завезла. В лес. В рощу. Вы не поверите: столы, скамейки, мангалы и урны. И ни души... Зверски избивала, пока я не сказал, что вирус у Вовы.

— Почему у меня, сука? — тихо спросил Вувос.

— Потому что я подумал, ты единственный, кого она не найдет так сразу. А если и найдет, то не изобьет, как меня, не справится... Кроме того, Боря, подтверди, что мы всех остальных проверили... под подозрением оставались только ты и Елка. Не мог же я сказать Елке, что вирус у нее...

У Вувоса просто руки опустились. Пришлось вмешаться и объяснить по-простому, на уровне голых причинно-следственных связей:

— Смотри, Умница. Там, в роще с мангалами, ты неудачно спас свою морду. Из-за тебя единственная дочка Вувоса стала заложницей у арабских друзей твоего Ахмата.

— Да, Боря! — спохватился Умница. — Хорошо, что я теперь могу тебе сказать! У Елки-то тоже сына украли. Там, в России. Представляешь?

Я кивнул:

— Знаю. И знаю из-за кого.

Умница слегка смутился и, явно не желая продолжать эту тему, повернулся к Вувосу:

— А сколько лет дочке?

Вувос молча на него смотрел.

— Три, — процедил я.

— Так это еще ничего, — приободрился Умница. — Еще маленькая, ничего не понимает. Это не будет для нее психической травмой...

Я на всякий случай ненавязчиво встал между Вувосом и Умницей.

— Фима, — сказал я, пока Вувос старался ненавязчиво меня обойти, а Умница, как бы случайно, двигался в противоположном направлении, — тебе предоставляется последнее слово. Что ты намерен делать?

— В полицию надо заявить, — пискнул Умница.

— В полицию ты уже заявлял, — напомнил я.

Хоровод вокруг меня ненавязчиво ускорялся.

— Я намерен делать все, что вы скажете! — выпалил Умница. — Для спасения ребенка надо сделать все. Это святое... Ребята! Я знаю! Надо подделать термос. Я подделаю. А вы обменяете его на ребенка.

Вувос остановился, и Умница чуть не влетел к нему в объятия.

— Мы втроем обменяем его на ребенка, — доходчиво сказал Вувос. — Ты, я и Боря. Так что постарайся. Сколько тебе надо времени?

— Завтра к обеду будет готово, — обреченно вздохнул Умница. — Можно было бы и раньше, но уже все закрыто. Придется кое-что докупить с утра.

— Докупим, — кивнул Вувос. — Я тебя сам отвезу к открытию. И в Старый город заскочим, прикупишь себе арабскую одежду. Что-нибудь неброское.

— З-зачем? — побелел Умница.

— Пока не знаю, — признался Вувос. — До обеда придумаем что-нибудь нетривиальное.

— Кстати, о нетривиальном, — мстительно сказал Умница. — Ребята, тут одна проблема. Вирус, он не сам по себе, а в питательной среде. В данном случае, Боря знает, в сперме.

— В кроличьей, — подтвердил я, вспомнив разговор в аэропорту.

— Ну так вот, ватики[45]. Вы в стране давно, где тут поблизости кроликов разводят? А я искусственную вагину сварганю.

Вувос передернулся:

— Ты что, охренел? Кто их тут будет разводить, некашерных?

— Плохо, — подытожил Умница и, опасливо косясь на Вувоса, процитировал: “Ну ничего. К утру придумаем что-нибудь нетривиальное”.

Усмехаясь, он медленно вытащил из кармана два квадратных пакетика и вальяжно, как король Молдаванки — блядям, выдал нам по презервативу:

— К утру, ребята. Надеюсь, обойдетесь без искусственной вагины? Пока они отличат от кроличьей, Номи уже будет дома.

— Может, ты сам справишься? — мрачно предложил Вувос.

Умница самодовольно развел руками:

— Ребята, имейте совесть... Я же не кролик. Вы же видели — только что проводил.

15. Пся крев

К полуночи нам стало ясно, что план вызволения Номи потребует, кроме немалого личного мужества и немалых личных средств. Мужества нам с Вувосом было не занимать, а вот денег и занять не у кого. Пришлось идти на шабашку.

Мы хорошо так посидели в кустах, в засаде. В траве валялась пустая бутылка и вскоре должна была обрести свою пару. Мы ждали "час собаки", как день зарплаты.

И дождались. В полвторого с моего балкона сбросили альпинистскую веревку.

— Хорошо, что ты не ревнивый, — сказал Вувос.

В лунно-фонарном свете блестели железные побрякушки на черной коже куртки, а прическа Левика выглядела еще отвратительнее. Дюльфером (сам научил) он спустился на газон и, взглянув на пустое еще крыльцо, быстро зашагал в сторону амуты.

— Посиди один, — бросил я Вувосу и пошел за сыном.

Вот и пришло время им заняться. Не отпуск, а сплошное бебиситерство — через ночь слежу за детьми. Куда это он идет? Уж не вирус ли проведать?

Красться пришлось недолго. Левик спустился в амуту и, озираясь, скрылся в крайнем доме у обрыва. Там уже мерцал свет свечи. Я хотел было подобраться поближе к дому, но вовремя заметил еще одно существо примерно в такой же экипировке, только помельче, да прическа, вроде, была девичья. Пришлось посидеть в тени минут десять. Чувствовал себя, как советская женщина, занявшая две очереди — и отсюда уходить было пока нельзя — вдруг какой-нибудь опоздавший сатанист заметит, а там информация про термос могла уже пройти, да и вообще интересно...

В конце-концов я решился и присел под окном. Слышно было великолепно! Не позавидуешь будущим жильцам.

— ... короче, пора приносить жертву! — сказал кто-то ломающимся голосом.

После паузы испуганный девичий голосок пропищал:

— К-какую?

— Человеческую! — отрезал первый. — Но для начала можно и кошку.

В этот раз пауза была дольше, затем зазвенел возмущенный девчачий голосок:

— Почему это кошку?! Я кошку не согласна! Давайте кого-нибудь другого убьем. Змею, например. Ядовитую.

— Змею?! — ужаснулся Левик, с детства панически боящийся змей. — Нет, змею нельзя. Потому что они — слуги дьявола.

— А кошки тоже слуги дьявола! Особенно черные.

— Ну, хорошо, — это был снова Левик. — можно и не кошку. Можно и собаку. Я завтра сам принесу убитую собаку, раз вы все трусите!

— Это кто тут трусит? — попер первый. — Ты сначала собаку убей и принеси. А потом приступим к человеку.

— А кто сказал, что сатанисты должны убивать людей? — поинтересовалась писклявая.

— Это всем известно. Все настоящие сатанисты приносят человеческие жертвы! — упорствовал первый.

— Это, наверное, гойские сатанисты приносят. А еврейские сатанисты не должны убивать людей! — возмутилась писклявая.

— И кошек! — добавила звонкоголосая. — Убери сейчас же руку!

— Че это я должен ее убирать?! — нервно хихикнул Левик. — Ты что, правил секты не знаешь?

— Подумаешь, правила! — возмутилась звонкоголосая. — Кто их вообще придумывает... ладно, можешь оставить...

Левик хохотнул и довольным голосом сказал:

— А теперь надо хотя бы потанцевать... на крышке гроба.

— Где?! — ужаснулась пискля́вая. — Ты что?! Евреев же в гробах не хоронят. А на гойское кладбище я не пойду.

— Дура, — ласково сказал Левик. — Ты считаешь, мы просто так этот дом выбрали для шабашей? Нет. Здесь был другой сторож раньше. Не тот, который сейчас в будке спит. Его сестру совратил один христианин. Он его убил, а гроб зарыл в фундамент этого дома. Ясно?

— Откуда ты знаешь? — возмутился первый. — Ты тут живешь всего неделю.

— Ну и что? У меня отец полицейский. Это служебная информация, не для всех. Танцуем мы или нет? Только "слоу".

— Почему это "слоу"? — подозрительно спросила звонкоголосая.

— Ну пусть, что тебе, жалко что ли... — ответила пискля́вая.

— Чтоб сторож не услышал! — сурово сказал Левик. — Иди сюда...

Будь дети постарше, ни за что бы не поверил, что танец может сопровождаться таким скрипом половиц и громким сопением.

— Не прижимайся, брат! — требовала звонкоголосая. — Хватит танцевать. Мне уже домой пора.

— Подождите, — попросил первый. — Мы еще не отчитались друг перед другом. Ну, братья, у кого что?

— У меня в доме гость гостит. Ученый. Приехал со смертельным вирусом, а его кто-то спер.

— А чего не ты спер, козел? — возмутился первый.

Левик вздохнул:

— Да я собирался. Но не успел. А теперь уже поздно — даже отец не может найти. А уж если он не может...

Такая вот дискотека. Наши маленькие еврейские сатанисты. Я снова переместился в тень, а через несколько минут по-одной вышли девочки. В доме задули свечу. Вскоре появился Левик с братом-сатанистом, в миру — Бенчиком, с первого дня торчащим у нас дома. Они еще постояли пару минут, не в силах разойтись из-за переполнявших их впечатлений.

— Ты что, правда собаку завтра убьешь? — ужаснулся Бенчик.

— Да ну. У нас какой-то кретин дохлых собак на крыльцо подбрасывает. Так я сопру одну и притащу.

— Давай скажем, что вместе убили? — попросил Бенчик.

Левик подумал и кивнул:

— Ладно. Только кончай ты с этими человеческими жертвами, а то они не придут больше. Давай лучше к вакханалиям переходить. Я думаю, уже можно. Видел, как я ей руку на задницу положил?

— Видел! — восхищенно сказал Бенчик. — А ты видел, как я Ципи прижал?

От недосыпа, водки и тихой отцовской радости, что сын не вор, мне стало весело. Очень уж они были похожи на рекламу израильского средства от импотенции: "Тебе будет что рассказать друзьям". Короче, мне тоже захотелось принять участие в разговоре. И я сказал из темноты страшным замогильным голосом:

— Вот за это меня, христианина из фундамента и убили!

Как они рванули!

Я закурил и в прекрасном настроении вернулся к встревоженному Вувосу:

— Левик так влетел в подъезд, что я был уверен — ты за ним гонишься. Я уже думал, может тебя придержать...

— Это не он, — сообщил я.

— Хорошо, — обрадовался Вувос. — Тогда давай выпьем за молодежь, а то холодно.

Действительно холодало. Иудейская пустыня все-таки. Исчезли с улиц последние неблагополучные подростки и подгулявшие благополучные господа. В этот ночной час, когда дома в тишине пустыни остывают, как обычные камни, чувствуешь хрупкость и чуждость молодого городка.

Чем больше мы пили, тем чаще Вувос сбивался на Елку. Образ ее становился все демоничнее. Часам к трем его осенило:

— Это очевидно! Как же я раньше-то... Боря, это все мистификация. КГБ замазывает перед арабскими товарищами “русский след”, чтобы не делиться вирусом. А вирус она украла сама, по заданию КГБ. У которого она на службе... Ну откуда баба может стрелять лучше меня? Плюс к тому: каратэ, акваланг, парашют, машина, мотоцикл, лошадь... Она же не каскадер, верно? Значит, шпионка. Красивая и смелая.

— И с хорошим английским, — кивнул я. — Только она это все на моих глазах осваивала, не в шпионской спецшколе.

— А где?

— По-разному. Типа частных уроков.

— На какие деньги, интересно?

— Какие деньги? Всегда находились добровольцы. Я думаю, захоти она учить марсианский, тут же приземлилась бы тарелочка с сексуально озабоченным пришельцем.

Вувос вздохнул и оборвал:

— Неважно. Подумай, бабу с такими данными могли не завербовать?.. А знаешь, жаль, что с ней так получилось...

В который раз проехал джип внутренней охраны. Дежурные уже успели смениться — рядом с водителем маячил знакомый сталактит бороды одного из наших заказчиков. Коты совершенно обнаглели. Привлеченные запахом закуси, они решили заодно и погреться — терлись теперь вокруг и гоняли друг-друга, привлекая диким ором нездоровое внимание к нашему кусту.

Продолжать обсуждать детали операции “Номи” уже не хотелось — чем больше мы о ней говорили, тем менее осуществимой она казалась, не помогала даже водка. Я слегка “поплыл” — еще не дремал, но уже не бодрствовал. Сидел в простраmuи с открытыми глазами. Вувос тоже притих, только изредка тяжело вздыхал. Неожиданно из темноты материализовался силуэт с большой сумкой. Я пихнул Вувоса локтем.

— Елка, — сипло прошептал он.

Бедолага, совсем голову потерял. Силуэт приблизился. Джинсы, ветровка. Под капюшоном я разглядел лицо Елки. Ничего себе... неужели, действительно, "рука Москвы"? Но зачем она собак режет?

— Убью.., — прошептал Вувос.

— Чуть позже, — попросил я.

Елка остановилась на крыльце, сбросила сумку, поозиралась, пошарила по карманам, закурила. Огонь зажигалки романтично озарил растрепавшуюся прядь и красивое взволнованное лицо. Руки у нее подрагивали. Вувос отвернулся.

Она докурила сигарету и швырнула окурок в наш куст, потом рывком закинула тяжелую сумку на плечо и скрылась в подъезде. Еще и свет зажгла, дура. Испачкать одежду боится, что ли. Ну все, дадим ей еще несколько минут на распаковку трупа и будем брать.

— Слушай, — глухо сказал Вувос, — а зачем она так долго стояла на крыльце?

— Ждала, что мы предложим ей выпить, — я быстро разлил остаток по стаканам, и мы не чокаясь, как на поминках, опрокинули.

— Щ-щ-щ, — вдруг прошипел Вувос.

В тишине прошаркали шаги. Согнутый под тяжестью мешка, озирающийся силуэт с крючковатым носом крадучись приближался к нашему подъезду. Уже стали видны седые волосы, тяжелый подбородок, оттянутое на коленях спортивное трико, вцепившаяся в горло пластикового мешка большая сильная рука с узловатыми пальцами. Просто театральный злодей. Попав в свет фонаря, он ускорил шаг, почти побежал к моему крыльцу и вывалил на него окровавленную собаку.

Мы синхронно встали из-за куста.

— Простите, — сказал я вежливо, — а какой породы ваша собачка?

Мужик вздрогнул и вызывающе сверкнул глазами:

— Это неважно!

Мы приблизились и поинтересовались:

— А что важно?

Кажется, наши лица ему понравились больше, чем наши очертания, потому что он вдруг чуть улыбнулся:

— Важно то, что эта собака спасет десятки тысяч человеческих жизней!

— Это что, — громко возмутился наш ревнитель иудейской веры, — жертвоприношение некошерных животных?

А я, кажется, все понял. Сказывается порой покойный дедушка-профессор, да полвека в медицинской семье (если считать год за три).

— Так вы хирург? — сказал я.

Мужик развел окровавленными руками.

— Да хоть гинеколог! — зло буркнул Вувос. — Тут же дети в школу по утрам ходят.

Мне этот аргумент показался странным, и я зачем-то добавил:

— А по ночам женщины...

Вувос сразу притух, потерял интерес к происходящему здесь и даже демонстративно отошел в сторону. А мы остались дышать друг на друга перегаром. Интересно, он принимает до операции или после? Наконец, я спросил:

— Какого черта? До мусорки донести тяжело?

— Не в ваши годы судить, что мне тяжело! — заносчиво ответствовал хирург. — Мне, автору нескольких уникальных операций, не дают самостоятельно аппендикс удалить! Это что?! А на все мои разработки просто плюют! Смеются! Не подпускают к операционному столу!

Хирург подступал все ближе и орал все громче, и я поймал себя на том, что отступаю.

— Где ваши наручники? — напирал он на меня. — Вы же полицейский, я знаю! И вообще, где вы были раньше? Почему вы только сегодня меня поймали?! А ваши эксперты?! Это просто сборище недоучек! Уже по первому трупу профессионал должен был понять, кто это сделал! Я! Профессор Уманский! Потому что больше в Израиле никто этого делать не умеет!

Странно он представлял себе нашу работу. В Израиле и людей редко вскрывают, а уж собак... Только по большому блату. Трудно вжиматься в таком возрасте в новую реальность... Мне стало грустно, когда я представил, как научное светило, наверняка вспоминая "Собачье сердце", подманивает собаку, а потом, вместо того, чтобы сказать восхищенным студентам: "Унесите в виварий", убивает ее и тащит, как тать в ночи. И уже сам сомневается кто он — профессор или собачий Джек-потрошитель. Не может смириться настоящий профессионал, что он никому не нужен. И, как раньше оригинальные операции, он придумал такую вот скандальную операцию саморекламы. Чтобы крикнуть на суде заполнившим проходы журналистам: "Я обвиняю министра здравоохранения в смерти сотен людей, которых могли спасти мои операции!" Ничего этого не будет, даже если я его повяжу. И это-то его и доконает. Может, его отпустить? Да вряд ли он так легко "отпустится". Только деньги на "Номи" потеряю...

Пока я выбирал между деньгами и милосердием, на его крики в доме зажглось несколько окон, а там и патрульный джип пожаловал. Заказчик вылез и со скорбным осуждением уставился на хирурга. Я уже приготовился выслушать новую серию пауз, но он ограничился одним словом:

— Предпоследний...

Значит, профессор хотел убить одной операцией двух собак — и рекламу учинить, и месть всем обер-амутантам, у которых предпоследним купил барак по ложной цене. И, выбирая наши ступеньки, рассчитывал не столько на меня, сколько на моего соседа. И верно рассчитал — по лестнице уже громыхали тяжелые шаги Обер-амутанта. Запыхавшись, он вылетел из подъезда, поскользнулся на собачьей крови и выдохнул, глядя на хирурга:

— Предпоследний... вот уж никогда бы... профессор, пожилой... стыдно!

Слово "стыдно" в его устах показалось хирургу верхом бесстыдства. Профессор затрясся и начал кричать что-то о религиозной крыше, под которой плетется заговор сионских мухлецов. Обер-амутант глушил его воплями о "совках", кабланах [46] и своей честности. Из окон на иврите, русском, английском и амхарском требовали прекратить балаган. В разгар этой "итальянской" сцены я заметил, что Вувос исчез. Мне очень не хотелось, чтобы за собачьими трупами снова пошли женские. И я побежал домой.

16. Раннее утро в семейном кругу

Я влетел в квартиру и резко затормозил. На кухне Ленка и Елка плакали в объятиях друг друга. Проститься, что ли, ей Вувос разрешил перед исполнением приговора? Сам он топтался рядом с довольно глупым лицом. Я выбрал стул на котором висел его автомат и принял расслабленную позу. Вувос тотчас подсел ко мне:

— Ну, Боря, дела... У нее сын сбежал. Там, в России. Олежка. Шустрый пацан, в маму. Представь, она матери своей позвонила, а он берет трубку — пять минут как дома. Удачно, да? Елка сразу сориентировалась, говорит, мол, бери бабушку и немедленно валите к какому-то приятелю, которого Ахмат не знает. Мы сейчас звонили — они уже там. А через несколько часов их мой приятель к себе заберет, у него дача в горах...

— Ну прекрасно, — обрадовался я, — а где же Номи?

Вувос снова помрачнел:

— Где, где... Все там же. Вернее, еще дальше. Она все это время была рядом, в Аль-Азарии. Можно было пешком сходить. Елка, кстати, пешком и пришла. А теперь...

Постепенно я понял, что произошло. Когда Елка, после “упоительного дня” с Вувосом, вернулась за вещами к Халилю, тот сообщил, что уже несколько раз звонил Ахмат по очень важному делу, просил сразу же перезвонить. Ахмат был совершенно не в себе, потому что на него наехала чеченская мафия и требует заказанный и оплаченный вирус. А Умница, забрав свою пробирку, подло убил “ахматовскую культуру”. Какой термин, а?! А теперь еще нагло врет, что вирус у него украден. Короче, время Ахмат выторговал до елкиного возвращения. А чтобы она действительно нашла вирус, забрал Олежку. Олежка сейчас очень доволен — дача, лошади, компьютерные игры, и так будет до ее возвращения с вирусом. А если без вируса, то все понятно.

В этом месте я перебил Вувоса:

— А во время вашего "упоительного дня" ты Елке рассказал, что вирус украли?

— А зачем? — пожал плечами Вувос.

Значит, Елка действительно получила информацию о краже из России, от Ахмата.

В общем, утром Елка обнаружила Умницу у Максика и действительно обошлась с ним довольно жестоко, требуя поделиться "ахматовской культурой". Умница навел ее на Вувоса, и тут Елке пригодился полученный ею накануне ключ от каравана. Шмон, замаскированный под уборку, ничего не дал. Когда искать было уже негде, пришла от соседей Номи. В отчаянии, Елка забрала ее и увезла к Халилю.

Халиль принял близкое участие в беде Лели, осудил Ахмата и одобрил все ее действия. Он сообразил, что искать Номи будут в первую очередь у него и моментально рассредоточил всех близких родственников по дальним. А Елку с Номи забрал с собой, в Аль-Азарию, в дом уехавших за границу родственников и велел дезинформировать Вувоса насчет глухих территорий.

Вчера поздно вечером Елка дозвонилась до своей мамы, а трубку взял Олежка. Ему хватило сообразительности скрыть от похитителей, что он занимается пятиборьем и уговорить дядю Ахмата научить его кататься на лошади. Лошадь была что надо — на ней пацан, перепрыгнув дачный забор, прискакал по пересеченной местности к бабушке.

Елка сразу же поделилась радостью с Халилем и собралась везти Номи к Вувосу, неважно брал он вирус, или нет. Она уже взялась за телефон — позвонить Вувосу, но Халиль убедил ее подождать подтверждения, что Олежка с бабушкой благополучно добрались до укрытия, а то мало ли что. Елка поднялась в свою спальню и вдруг услышала, как в замке провернулся ключ. На окне — железная решетка. Из-за массивной двери Халиль объяснил ей, что ему очень жаль, но судьбе угодно, чтобы эта дочь оккупанта послужила интересам арабского народа Палестины. Леля, как представитель дружественного русского народа должна это правильно понять. Про вирус и Номи стало известно соответствующим структурам, и он имеет право вернуть ей ребенка только в обмен на вирус. И то, после того, как преданные делу освобождения Палестины специалисты проверят его вирулентность на биологической модели.

В общем, как только Леле будет что сообщить, она должна вернуться в этот дом, оставив ворота открытыми, и ей позвонят. А после того, как она выломает дверь и уйдет, он просит ее ворота закрыть и ключ забрать. А в полицию он ей обращаться не советует, потому что в Израиле отношение к киднеппингу суровое, девочки отец больше не увидит, а Олежка увидит маму лет через десять-пятнадцать. Но это он так, для общей информации, а вообще-то он убежден, что Леля сделает правильный выбор между друзьями и врагами, и будет с ними в тяжелой борьбе палестинского народа за свободу и независимость. А не с отморозком, который даже в святой для евреев день гоняет пьяный по арабским поселениям с российскими монархическими гимнами.

— Ты понял?! — зло спросил Вувос.

Я кивнул:

— Как не понять. Елка предпочла отморозка и пошла по Иудейским горам советоваться к израильскому менту. Где, вместо рояля, сидел в кустах ты...

— Не юродствуй! — строго потребовала Ленка.

Елка повернула к нам зареванную мордашку:

— Боря, я страшно виновата перед Вовой... Никакие слова... Ты лучше нас ориентируешься... я сделаю все, что нужно... ты понял — все. Все, что я умею. Я не смогу с этим жить, если...

— Хорошо, — сказал я. — Мы поняли. Теперь сценарий придется переписать, и для тебя роль найдется.

Елка благодарно всхлипнула. Электрический свет терял ядовитую желтизну, растворяясь в брезжущем утре. Вопли за окном все не прекращались. Лица у всех были помятые, припухшие, уставшие и постаревшие, да еще и какого-то неестественного оттенка. Я выключил свет.

Я выключил свет и помотал головой. За зановесочкой горел ночник, на "экране" разыгрывался знакомый театр теней. Я прислушался и, когда внизу вокруг собаки возникла короткая пауза, уловил характерные звуки. Вувос поймал мой взгляд, убедился, что Елка по эту сторону занавески и потрясенно шепнул мне:

— Но мы же следили за входом...

— Да, — ответил я, тоже почему-то шепотом. — А Софья Моисеевна уехала.

За окном стихало. Я вслушивался. Наконец, различил амхарский и объяснил Вувосу:

— Он соседку снял, с верхнего этажа. Полиманьяк.

— Сексоглот, — обреченно согласилась Ленка. — Хорошо, хоть Левик в маминой комнате. Надо бы поспать немножко, а?

Пока мы прикидывали как разместимся, Умница выпустил смущенно улыбавшуюся фаллашку[47] на лестничную площадку.

— Даже до остановки провожать не надо, — довольно сообщил он и поманил нас с Вувосом за занавесочку:— Вот, — кивнул он на столик. — А где ваши?

— Мы тут подумали, — зло сказал я, — и решили ограничиться для надежности твоей. Твою они от кроличьей не отличат.

Умница самодовольно хмыкнул. Я не стал ему сразу объяснять, что подделывать вирус уже нет смысла, потому что Халиль, перед тем, как отдать Номи, намерен проверять его всерьез.

17. Вестерн

Уже третий день шел изнурительный торг. Вувос похудел и издергался. А Умница все время жрал на нервной почве и округлился. Елка большую часть времени торчала в пустом доме в Аль Азарии, ожидая звонков. Мне удалось по своим каналам выяснить, что звонили только по телефонам-автоматам, из разных мест, говорили не больше трех минут. Халиль был очень осторожен и далеко не глуп. Мы с Вувосом добывали реквизит. Далеко не всегда легально.

Ленка давала Умнице уроки вождения, потому что хоть права у него и были, за рулем он в жизни не сидел. Я старался не думать, чему она его может научить — пятьсот метров как-нибудь проедет, а там, если выживет и возомнит, что умеет кататься — его проблема. В остальное время Ленка смотрела на нас, как на покойников, мужественно плакала и готовила мои любимые блюда, которые большей частью сжирал Умница. Хорошо еще Софья Моисеевна неожиданно укатила в предсвадебное путешествие в Эйлат.

Халиль не желал расставаться с Номи не убедившись, что получил именно "ахматовскую культуру", а не какой-нибудь гепатит. Проверять он хотел по полной программе, в том числе на биологической модели, что могло занять несколько недель. Мы категорически не соглашались выпускать из рук "вирус", не получив в руки заложницу. Ни угрозы, ни видеокассета с просьбой Номи забрать ее на нас не действовали, да и не могли подействовать — вируса-то у нас не было. Переговоры зашли в тупик, Елке даже удалось поспать.

Умница утверждал, что есть тонкие экспресс-методы, каждый из которых недостаточно надежен, но если применить несколько, да так, чтобы мы не знали какие именно, то подделка выявляется с очень высокой надежностью. Он был уверен, что Ахмат вошел в долю с Халилем и уже подал ему эту идею.

— Если это серьезная террористическая организация, а не дворовая шпана, — вещал он между заглатываниями и откусываниями, — то добыть нужное лабораторное оборудование и материалы для них гораздо проще, чем для вас эти вот бронежилеты!

Умница оказался прав, профессионал все-таки. Елка еще спала, когда раздался телефонный звонок, и Халиль дружелюбно поприветствовал меня:

— Ты просил позвонить, когда буду в окрестностях.

Правильно я тогда отметил — запомнил-таки, подлец, телефончик.

— А ты уже в окрестностях?

— Ну, не совсем. Ты знаешь, мы нашли способ проверить за двенадцать часов. Это вас устраивает? Ты пока подумай, а я перезвоню.

После еще нескольких коротких звонков, мы договорились о времени, месте и способе обмена. Самым трудным было настоять, что Вувос явится не один, и что мы будем с оружием. Номи мы получали тут же, в обмен на термос, но без права выхода из охраняемого дома до окончания проверки. То есть мы соглашались стать хоть и вооруженными, но заложниками на двенадцать часов. Но и мы потребовали, чтобы с нами в одной комнате находились несколько их человек и пообещали, если что не так, стрелять на поражение.

Вообще-то, все наши требования были так, для правдоподобия торговли. Нам важно было только, чтобы Номи и стволы были в наших руках одновременно, а там... Всем им будет не до Номи, потому что будет кого убивать из тех, кто сам может убить...

Времени нам Халиль дал в обрез — он требовал, чтобы уже через полчаса мы прибыли в известный дом в Аль Азарии. Явно не хотел, чтобы у нас было время на подготовку. А нам оно как раз было необходимо, и я выторговал еще час якобы для того, чтобы привезти вирус из специального места.

Каждый знал, что ему делать. Ленка повезла Умницу к дальнему телефону-автомату. А мы начали неспешно обряжаться.

Хорошо еще, что я не взял трубку, когда зазвонил телефон. Вувос брезгливо протянул трубку Елке.

— Халиль? — удивилась она. — Что-то не то?

Мы с Вувосом синхронно встали по обе стороны от Елки, вслушиваясь.

— Все хорошо, Леля. Я только хотел узнать — ты тоже будешь?

— Ну... да. Конечно.

— Я думаю, ты можешь не приходить. Все, что мы тебя просили, ты сделала. А дальше уже мужские дела. Между двумя народами. Ты мой гость и друг, я за тебя отвечаю и боюсь.

— Почему?

— Да нет, ты не думай. Все идет как надо, с нашей стороны все будет хорошо. Мы играем честно. Но этот твой приятель... Я о нем кое-что разузнал, он эмоционально неуравновешен, психопат. Может сорваться. Нажмет на курок, будет...

— Халиль, — внятно сказала Елка. — Я эту кашу заварила. Я ее буду расхлебывать. До конца.

— О-кей. Я тебя понимаю. До встречи, Леля.

Елка посмотрела на нас и пожала плечами.

— Да что там, — сказал я, — и без этого было ясно, что подлянку готовят...

Когда мы въехали в Аль Азарию, было уже совсем темно. Фонари на улице не горели, да их и не было, да и не улица это была, а, скорее, изрытая строительная площадка с недостроенными домами вокруг. Типичное "незаконное строительство" — застройка без плана, когда строят не чтобы жить, а чтобы заявить права на участок. Недостроенное воспринималось как разрушенное, словно до нас здесь поработали бомбардировщики.

"Форд" с Умницей и "длинным ухом" остался на стоянке у греческого монастыря, неподалеку от могилы Лазаря. Здесь все было давно обжито и тесно.

— Смотри, Фима, — проникновенно сказал Вувос. — Сделай все, как положено. Четко, без самодеятельности.

— Да уж, — нервно хмыкнула Елка. — Второй раз в одном и том же месте никого воскрешать не будут.

На всякий случай мы еще минут на пятнадцать опоздали. В нашем доме света не было.

— Кажется, мы пришли первые, —шепнула Елка.

— Если не считать мордашек десять-двадцать в саду, — обронил я.

Вувос утвердительно кивнул. Он свинтил крышку с термоса, перевернул его и взялся за пробку, демонстрируя готовность применить бактериологическое оружие в любой момент. Елка подсвечивала все это фонариком. Так мы и двинулись к дому через старый сад. Вошли. Елка включила свет. В метре от нас стоял парень с автоматом. Он молча кивнул, и мы прошли за ним через коридор и анфиладу комнат в просторный зал. Без окон. Они были наспех замурованы бетоном. Зато присутствовали четыре мрачные личности с автоматами. Елка изумленно смотрела на бетон — явно еще вчера она его здесь не видела. Мы встретились глазами, и я кивнул, мол, понятно.

— И дверь поменяли, — шепнула она.

Дверь была незаурядная, если не из банка, то из тюрьмы. Открывалась вовнутрь, не выломать. Ручка торчала только снаружи. Я хотел было остаться у двери, но нас с мягкой настойчивостью, на гортанном английском, попросили присесть на стулья у противоположной стены. Не стоило этого делать, но

Елка уже двинулась, Вувос с перевернутым термосом за ней, что мне оставалось? Только буркнуть:

— К стенке нас уже поставили.

Через несколко минут появился Халиль, прямо как товарищ Сталин — усы, френч и девочка в восточной одежде на руках. Номи была сонная, ее явно вытащили из постели и, чтоб не хныкала, сунули какую-то обгрызенную соску.

— Номи! — проникновенно воскликнул Вувос.

Девочка посмотрела на него, вытащила соску, улыбнулась, сказала: "Шалом", а потом положила голову на плечо Халиля, закрыла глаза и снова зачмокала этим огрызком.

Халиль тоже улыбнулся:

— А не мой ли это термос? — он хмыкнул. — У меня для вас приятный сюрприз.

Как мы и договаривались, он прошел с Номи на середину зала. Елка взяла у Вувоса термос и подошла к нему. Поставила термос на пол, забрала слабо цеплявшуюся за Халиля Номи. И не выдержала — вытащила у нее соску. Номи вяло захныкала. Халиль продолжил:

— Ну вот и все. Можете не ждать результатов проверки. Я ведь понимаю, что жизнью ребенка вы бы не рисковали. Если у вас был вирус, то он сейчас у меня. А если не было, то зачем мне эта девочка? — он театрально развел руками.

Где-то в недрах дома зазвонил телефон. Елка с растерянными глазами несла Номи к нам, подальше от термоса, безмолвно артикулируя губами: "Что делать?" Я и сам колебался. Из коридора что-то прокричали по-арабски. Я различил "Халиль" и "телефон".

— Извините, — сказал Халиль, — меня к телефону. Если можете, подождите минутку. Я барашка зарезал, отметим...

Он вышел из комнаты под нашими напряженными недоуменными взглядами. Дверь захлопнулась. Я понял, что ждал этого с того момента, когда заметил, что изнутри нет ручки.

— Ручки нет! — ужасным голосом сказал Вувос. — Приехали!

Елка пометалась взглядом по нашим лицам, еще раз взглянула на бетон в окнах и, взвыв:

— Снова?! — бросилась к двери.

Она билась в нее и звала Халиля. Довольно неприятное зрелище. А до этого здорово держалась. Для непрофессионала даже слишком здорово. Арабы ей не мешали, сидели по углам, как манекены. Один, после ухода Халиля, даже автомат положил на пол.

— Что, Леля? — с нескрываемым торжеством спросил Халиль. Бронированная дверь неплохо пропускала звук. — А что ты думала? Я давал тебе шанс. Я просил тебя не приходить. Теперь поздно.

— Зачем ты это делаешь?!

— Крыс не удалось достать. Мне жаль, что ты оказалась в одном выводке с этими "детьми смерти". Но что делать, мне приказано испытать вирус на людях.

— Подожди, — тихо сказала Елка. — Но тут же и твои люди тоже. Им же не дадут уйти живыми.

— Не слышу.

Елка повторила эту же фразу так же тихо.

— А, люди, — раздался характерный смешок. — Это не люди. Это тоже крысы. Продажные крысы. Они сотрудничали с сионистским врагом и приговорены к смерти палестинским судом. Благодаря вам они смоют свой позор кровью, а мы пощадим их близких. У них и патронов нет.

— Что? — тихо сказала Елка. — Я ничего не слышу. Говори, пожалуйста, громче.

— Неважно, — прокричал Халиль. — Мне жаль...

— Да говори же громче! — не унималась Елка.

— Жаль, говорю, — уже совсем громко неслось из-за двери, — жаль, что у нас с тобой так получилось! Прости меня, Леля!

— И ты меня прости, — пробормотала Елка.

— Что?.. Это за что же я должен тебя простить, Леля? — обеспокоенно выдохнул Халиль.

Елка резко развернулась от двери, прижалась спиной к стене и вынула руку с пультом из кармана. Вувос упал на Номи.

Термос рванул как надо! Главное, дверь покорежило — образовалась узкая щель. Мы, мешая друг-другу, пытались что-то сделать, но дверь заклинило. Арабы молились, мы матерились, Номи орала. Спасибо товарищу Калашникову за универсальное изделие — орудуя коллаборационистскими автоматами, как ломами, мы вовремя вскрыли этот крысиный сейф. Как раз, чтобы встретить дружным залпом подбегавшую команду в противогазах.

Елка визжала, но палила по-македонски, из двух пистолетов сразу и довольно прицельно. А выйди мы раньше, блевала бы, небось, сейчас у трупа Халиля. Термос поработал с ним не так аккуратно, как профессор с Козюлей. Вувос с плачущей Номи в рюкзаке и сотрясающимся "Галилем" в лапах был неправдоподобен, как герой третьесортного мелодраматического боевика. А я чувствовал, что меня вот-вот убьют, потому что хоть все и получалось, но как-то по-дурацки. Если мы и были до сих пор целы, то только благодаря мешавшим нормальной стрельбе противогазам.

Ситуация соскочила на голый экспромт. Вести всех в прорыв должен был я. Но невменяемая Елка вырвалась вперед, а Вувос, как будто за спиной у него не было рюкзака с Номи, рванулся следом. Мне пришлось прикрывать их от появившихся из бокового коридорчика "духов".

Пока я с ними закончил, оказался отрезан — пару раз дергался вперед и получал сильные удары пулей в бронежилет. И больно, и пелефон — вдребезги. Тем временем в Номи проснулся инстинкт самосохранения, и она стала рваться из рюкзака, как кот из мешка. Как-то развязав тесемки, она плюхнулась на ковер и, прежде чем

Вувос отвлекся от стрельбы, уже была на вражеской половине, где шмыгнула под стол и забилась в угол. Елка, с дурацким киновоплем: "Прикройте меня!" бросилась за ней и даже успела пристрелить ближайшего к Номи "духа", но споткнулась о его вытянувшуюся в последней судороге ногу. И скатилась прямо к еще не протянутым ногам его соратника, который, прежде чем я навел на него автомат, успел рвануть ее за солнечную шевелюру и прикрылся Елкой. Этот уже был без противогаза — то ли не хватило, то ли догадался, что вирусы не взрываются.

Мы стрелять перестали. В нас тоже. Дух стоял с ножом у елкиного горла и кричал:

— Бросай оружие!

Пока я колебался, Вувос покорно сказал:

— Бесэдер! — и, как городошную биту, швырнул к ногам Духа свой "Галиль". Елка взвыла — ей попало по голени. Дух дернулся. Следом Вувос швырнул в ту же сторону десантный нож, как прежде в дверь каравана. И пригвоздил ухо Елки к сердцу террориста! Вот романтическая курва!

Полутруп ослабил хватку, Елка рванулась и с диким воплем залегла с "Галилем", прикрывая Номи. С ухом ей пришлось расстаться. Елка поскуливала от боли, а Номи от ужаса, глядя, как левая половина тетиного лица заливается кровью. Я палил из автомата, как маньяк. Вувос вторил мне из трофейного "Узи". Мы очистили помещение и продвинулись до двери в насквозь простреливаемый коридор. Из боковых дверей поводили рылами стволы. Ловить было нечего. Я сунулся было в окно и чуть не получил пулю в лоб. Террористы опомнились от неожиданного взрыва, сняли противогазы и грамотно выбрали позиции. Прорваться было невозможно, но продержаться какое-то время мы еще могли.

Я в последние дни уже столько раз мысленно умирал, что после всех этих репетиций особого трепета перед премьерой не испытывал. Что меня еще ждало в жизни? Составлять протоколы на иврите, да выплачивать машканту[48]. Надоело.

Вувос успокаивал Номи, следил за дверью, менял обойму.

— Жаль, миньяна нет, — сказал я ему. — Надо бы поблагодарить Господа, что умрем не как крысы, а точно по плану, с оружием в руках. Ты не в курсе, у нас там никакой аидише Валгаллы не предусмотрено?

— Да-а, — вздохнул Вувос, — миньян что-то задерживается. А он бы нам сейчас ох, как пригодился.

— Дурацкая была идея с Умницей, — вдруг выдавила Елка, стягивая голову какой-то косынкой. — Что у вас в спецслужбах — дураки, чтобы этого мудака всерьез принимать? Раскаявшийся террорист, передача взрывчатки... да им подростки по пять раз на день с таким фуфлом звонят... Должен был сам позвонить. Может, еще не поздно? — она кивнула на телефон у окна.

Вувос вступился за меня:

— Нельзя. Засудят.

— За что?! — поразилась Елка. — Это же необходимая оборона!

— У евреев другие представления о необходимой обороне, — грустно сообщил Вувос. — Не спрашивай почему. Сам не понимаю. Боря, хорошо, что успел спросить — а ты понимаешь?

— Ладно, — сказал я. — Лучше уж три пожизненных и Номи на свободе, чем четыре трупа. Пойду звякну...

Я взял трубку, гудка не было. Но все равно, вовремя подошел к окну — зазвенело стекло, к моим ногам упала граната. Я успел выкинуть ее обратно. Рвануло. Прислушался, в надежде услышать вопли, но было тихо.

— Умница, — сказал я в "длинное ухо", — если ты меня слышишь, вызывай полицию. Найди ближайший телефон и набери 100.

Противная вещь односторонняя связь. Мне тоже захотелось высунуться из окна и прокричать ему указания.

И вдруг началось! Я вскинул руки, как фанат при первых аккордах тяжелого рока:

— Наши! "Дувдеван"[49] в саду! Ещ-щ!!!

— Ха! — сказал повеселевший Вувос, с наслаждением вслушиваясь в стрельбу и взрывы. — А ты говорила — не приедут! Просто в Израиле всегда все опаздывают. Сейчас посмотришь настоящий "Вишневый сад"! Я тебе говорил, что "Дувдеван" на иврите — вишня? Пошли!

— Умница! — заорал я в прибор. — Не звони! Без полиции! Действуй по плану! Начинай!

Мы сорвали с себя куртки, надели фирменные кепочки, достали немногочисленные аксессуары. Поплевали на рукава и стерли, а скорее размазали кровь по елкиному лицу, ничего, в темноте сойдет. Особо тщательно упаковали Номи в рюкзак, туда же спрятали автоматы и куртки.

Нескольких оставшихся в коридоре растерянных террористов наш внешний вид деморализовал полностью, а наши пистолеты добили. Мы пробрались к выходу и застыли у приоткрытой двери, чутко вслушиваясь в какофонию боя.

— Где эта скотина? — вопрошал Вувос.

И Умница отозвался. Усиленный мегафоном голос перекрыл стрельбу:

— Внимание! Не стрелять! Съемочная группа Си-Эн-Эн!!! Дайте выйти журналистам из-под обстрела!

Он повторял это на английском, иврите и арабском. А мы уже бежали навстречу его прожектору через сад, через калитку заднего двора, петляя и цепляя ветки кинокамерой, фотоаппаратом "Киев" с допотопной вспышкой и палкой раздвижного микрофона, стараясь попадать в пятна света, чтобы видны были наши майки с большими буквами Си-Эн-Эн. Елка вопила что-то по-английски.

Стрельба поутихла. Нас не тронули! Наши, видимо, не хотели лишних проблем. А арабы привыкли, что журналисты на их стороне.

Умница уже пересел на пассажирское сиденье и пригнулся. Я на бегу перехватил у Вувоса рюкзак, и он прыгнул за руль своего "Форда", на котором Умница успел намалевать три заветные буквы. Рванули с места. Я успел заметить удивленно приоткрытый рот нашего солдатика в арабской одежде. Хорошие ребята у нас в спецподразделениях, и Ай-кью у них, говорят, высокий. Только наивные.

Я осмотрел нашу "съемочную группу" и меня разобрал истерический смех. Мы неслись в сторону Иерихона. На выезде из Маале-Адумим нам на хвост села Ленка, и Вувос поехал медленней. Умница тарахтел не переставая. "Длинное ухо" работало исправно — у него был полный эффект присутствия. И ему надо было с кем-то поделиться острыми впечатлениями:

— Я-то сразу все понял, как только услышал, что дверь поменяли. Это так всегда — если дверь меняют, значит "мышеловка". А поняли почему он вас так обманул, когда про барашка сказал, и вообще, что отпускает?

— Потому что сука, — буркнул Вувос, ускоряясь так, что мне стало страшно за Ленку.

— Значит, не поняли! — обрадовался Умница. — Просто он боялся, что вы стрелять начнете. До того, как он выйдет. Вообще, ужасно интересно было! Представляю, как Елка мучительно решала: взрывать, не взрывать... врет, не врет... Зато когда ты стала ему кричать: "Громче! Не слышу!", я сразу понял, что ты его к замку подманиваешь, чтобы взрывом дверь открыло.

— Еще бы ты не понял, — подколол я, — тебя самого так на днях Авигдорушка сделал в подъезде.

Умница нахмурил лоб, затем лик его прояснился и он сказал:

— Классную я бомбу все-таки сделал, да? А спорим, Елка, ты еще боялась, что "Дувдеван" взрыв не услышит и не начнет атаку? А их-то все равно еще не было! Они проехали мимо меня как раз когда ты меня.., — он запнулся и укорил, — мудаком называла. Я, правда, не до конца был уверен, что это они — хорошо все-таки маскируются.., — тут он замолк, обернулся, с детской обидой посмотрел на Елку и мстительно сказал:— А ты, я вижу, там за буй заплывала?

— Заткнись, дурак, — посоветовала Елка.

— Чего это он? — не понял Вувос.

— Это у меня куплетики такие есть, вроде как пристойные, но похабные, — с готовностью пояснил Умница. — Давно, еще студентом сочинил.

И он, как заяц в цирке, забарабанил по "бардачку" и спел:

Тому, кто заплывет за буй,
Спасатель отрывает... ухо.
Зачем? Для улучшенья слуха.
Порядок знай и не балуй!

Елка заплакала.

— Не плачь, — сказал Вувос. — Посмотри лучше в моем рюкзаке, в левом кармане. Это мой свадебный подарок.

Елка, всхлипывая и улыбаясь, полезла в карман и завизжала, вытащив окровавленный кусочек плоти.

— Господи... мое ухо! — потрясенно прошептала она.

— Хоть бы сережку прицепил, кавалер, — хмыкнул я, расслабляясь. Очень мне не нравилась мысль, что мы оставили там явную улику. Да и Елку было жалко.

Елка держала на ладошке ухо, как раненого птенца:

— Вова... ты думаешь, что можно...

— Естественно, — пожал плечами Вувос. — Я просто подумал, а вдруг не убьют... В больнице не стоит светиться, так Боря нас забросит домой. У нас доктор классный, приштопает.

— Так езжайте скорее, — посоветовал Умница. — А то не приживется.

Вувос резко свернул к вади Кельт. Вскоре мы вылезли и облили нависший над вади "Форд" бензином. Вувос кинул Умнице зажигалку:

— Щелкни!

— Что, жалко самому? — догадался Умница. — Ну, ладно. Я еще никогда машины не сжигал! Прямо как в кино! Интересно попробовать!

Мы отошли. Умница суетился, примериваясь.

— Жалко, — обиженно передразнил Вувос. — Совок. А если меня страховая компания на детектор лжи погонит? Я должен сказать правду, что не поджигал свою машину.

Через несколько минут пылающий "Форд" летел под откос. А мы, переодевшись в нейтральное, гнали на "Шкоде" с места преступления в Кирьят-Арбу, пришивать ухо и пить водку.

18. Шашлык для гуманоида

Как мало человеку надо для счастья! Вернуться домой живым и не наступить ночью на собачий труп. И чтоб теща в Эйлате. И чтоб Умница остался ночевать в Кирьят-Арбе у местной активистки какой-то маленькой партии.

Левик спал в тещиной, черт, даже сам начал ее так называть, комнате. А мы продолжили. Открыли бутылку хорошего вина — Умница, к счастью, алкоголем не интересовался, а от Клуба я ее догадался спрятать. Поджарили тосты. Зажгли свечи. Ленка торжественно добавила в наш семейный календарь мой пятый день рождения, первый, приобретенный в Израиле. Произнесла лестный и трогательный тост.

Засыпая в моих объятиях, прямо как до рождения Левика, она вдруг засмеялась и сонно спросила:

— Ну что, агар-агар больше на мозги не давит, дурачок неграмотный?

Я поцеловал ее в ухо и шепнул:

— К чему ты прикололась?

— Как ты себе представляешь агар-агар? Ты мне тогда не ответил.

— Дрянь какая-то биологическая, из спермы делают.

Ленка зашлась в хохоте:

— Боренька, из спермы детей делают! Такая вот биологическая дрянь. А агар-агар делают из водорослей каких-то. Стандартная питательная среда в микробиологии...

Ленка уснула, а я не мог. Агар-агар давил мне на мозги. Праздник одного вечера кончился, а с ним и отсрочка приговора. И все свелось к тому, что вместо того, чтобы умереть, как мужчина, я снова должен буду умирать, как крыса, правда в миньяне. В очень большом миньяне. Надо было снова искать вирус. Задача сводила с ума своей простотой. Вувос, Елка, грузчики, Ирочка, Левик и я отметались полностью. У Архара было вполне сносное алиби. Максика и Капланчиков я отмел скорее интуитивно, но до этого интуиция меня еще не подводила. Не они это.

Остались жена и теща. Все как в прошлый раз. Но зачем? Скажем, чтобы обезопасить человечество от мудака-Умницы. Но тогда бы они мне сказали. И они обе были здорово напуганы, не наиграно. Правда, Ленка в последнее время как-то подуспокоилась... привыкла? Теща тоже успокоилась, но у нее предсвадебная эйфория. Очень не хотелось ковырять собственную семью.

Есть еще, правда, сам Умница. Потерпевший. Ну и что? Тут я уперся в тупик. Мозги работали тяжело, словно на них что-то давило. Агар-агар? Не придумал же я сам, что он из спермы. Не фантазирую я на биологические темы. Это информация последних дней. Или дезинформация. Явно связана с "ахматовской культурой"... Про сперму я, допустим, знаю с начальной школы. А вот агар-агар... откуда я знаю этот термин? Словечко, конечно, специфическое, запоминается сразу. Все же ясно! Последние дни сперма означала совсем не то, что в начальной школе, а питательную среду для вируса. Но и агар-агар, оказывается, питательная среда. Следовательно, кто-то сказал мне, что в термосе вирус в агар-агаре. Но сказать это мне мог только Умница. А он мне этого не говорил. Он как раз все время говорил, что там сперма. И в аэропорту, и когда нужно было сделать фальшивку для Халиля... Стоп. Есть! Он говорил про агар-агар при мне. Теще. Да, конечно, в ночь после кражи. Она его спросила, мол, на какой среде вырастил вирус, а он ей и сказал, что на агар-агаре.

Когда же он врал? Ясно когда. Про сперму он сказал мне в аэропорту, когда посылал меня за термосом, то есть, когда нужно было доказать, что это принадлежит ему. И тут он врать не мог. А теще мог. А зачем? Затем, чтобы сбить с толку профессионала. Хоть и старого, и одной ногой в маразме, но профессионала. Зачем?

Я вытянул из-под Ленкиной головы затекшую руку и пошлепал на кухню курить и варить кофе.

Кофе у меня сбежал, потому что я отвлекся, вспоминая почему Ленка спрашивала меня про агар-агар дважды. Потому что в первый раз, когда она как раз на этой самой кухне спросила, как я представляю агар-агар, присутствовал Умница. И ловко перевел разговор на другую тему прежде, чем я успел ответить, а значит и получить объяснения. И подловить его на вранье. Но раз он врал, значит было что скрывать. Либо у него не украли термос, либо в термосе был не вирус. Первое совершенно непонятно. А второе... мне ведь еще тогда показалось странным, что он той ночью открыл термос просто так, без всяких мер предосторожности. А потом сказал, что путь заражения — воздушно-капельный. То есть, если бы пробирка разбилась, что в дороге вполне вероятно, то... Профессионал так не поступит. И это снова значит, что в термосе был не вирус... А вирус он приплел, чтобы к термосу никто не приближался. И я был наивен, как мальчик из "Дувдевана", когда поверил, что в полиции он был косноязычным от волнения. Умница категорически не хотел, чтобы термос искала полиция и устроил этот балаган у моего шефа. Значит в термосе во-первых не вирус, а во-вторых что-то такое, о чем полиция знать не должна.

Что в термосе знают два человека — Умница и Ахмат. И что интересно, Ахмат тоже скрыл от Халиля, что там не вирус. Хотя подробно и достаточно профессионально его консультировал насчет каких-то экспресс-методов. Значит, там и не бриллианты, и не уран, а все-таки что-то имеющее отношение к биологии. И для Ахмата было вопросом жизни и смерти это получить. А это что-то украли. Или Умница валяет дурака и сам это спрятал, чтобы, скажем, не делиться...

Я разбудил Максика и попросил его помочь мне разбудить Ахмата. Максик меня затейливо обложил — было, все-таки, в кого пойти Авигдорушке — но номер телефона дал. Разбудить Ахмата не удалось — телефон не отвечал. Если в семье с тремя детьми, тещей и свекровью ночью не берут трубку, то все ясно. Любой бы на его месте слинял.

Выпив большую чайную чашку горячего и крепкого кофе, я понял, что готов поставить над этим биологом острый эксперимент.

Скотство, конечно, было будить Вувоса в эту ночь, но я не утерпел. Трубку долго не брали. Наконец, Вувос ненавидяще прорычал:

— Алло!

— Надеюсь, что я тебя разбудил, — куртуазно сказал я. — В смысле, надеюсь, что не помешал.

— Ну?

— Я тут пил кофе и кое-что понял. В термосе не вирус.

— Ну, хорошо. Значит не подохнем. Ты звонишь только чтобы мне это сообщить?.. А что там, кстати?

— Вот я и хотел у Умницы об этом спросить. Совсем уж было собрался к вам подъехать, а потом подумал — если там не вирус, то какого черта... Почему я должен этим заниматься? Вроде это не мое дело.

Вувос помолчал, посопел и твердо заявил:

— Не твое? Тогда теперь это мое дело... Я тебя правильно понял, что эта сука объявила меня вором вируса зная, что вируса и не было? И потом молчала об этом и когда у меня террористы сперли дочь, и когда мы лезли в "мышеловку"?

— Боюсь, что да.

— Боишься или да?

— Есть способ проверить. Хочешь?

— Да. Что надо делать?

Я на несколько секунд задумался, и план эксперимента обрел недостающие детали:

— У тебя с соседкой хорошие отношения? С которой Умница ночует?

— Отличные.

— Если ее разбудить ночью, она даст машину, чтобы ты увез ее партнера?

— А сколько сейчас времени? Наверное, уже даст. Куда его привезти?

— А туда, где мы шашлык жарим.

— Что ему можно сказать? — осторожно спросил Вувос.

— По возможности ничего. Ты ничего не знаешь. Он сейчас сам к тебе прибежит и будет умолять сесть за руль. Ты мне только телефончик этой, как ее... Иланы продиктуй...

Голос Иланы оказался бодр, собран и деловит. Видимо, она решила, что звонят из ее партийного штаба. И я, даже не извинившись, страшным голосом попросил Умницу. Я бы на ее месте подумал, что это брат жены любовника. Умницыно же "алле-оу" было, напротив, расслабленным и вальяжным. Если доживу до пенсии и бессонницы, буду ночи напролет набирать номера телефонов — так много можно узнать в момент первого ночного "алло" о человеке!

— Умница! — дрожащим, но мужественным голосом начал я. — Случилось страшное! Я не уберег термос... Все разбито, содержимое вылилось. Говори, что делать?! Какие службы вызывать?! Чтобы минимум жертв... Говори быстрее!

— А-а-а.., — выдавил Умница, — ты где? Слушай, это... не надо никого вызывать... Ну, они могут напортачить... заразиться. Ничего без меня не делай, где ты, я должен приехать! Сейчас! Куда ехать?!

— Да! — обрадовался я. — Приезжай! Как бы тебе объяснить куда... Быстро, беги к Вувосу, он знает. Скажи — где я с агентами арабскими встречаюсь, там. Он знает!

— Хорошо! — Умница был очень возбужден. — Бегу! Но Боря, ради Бога... Дождись меня, ничего не трогай, никуда не звони! Пожалуйста, без самодеятельности!..

Я зашел за занавесочку. Смонтированная для Халиля фальшивка так и стояла на столике. Хорошо, что сценарий изменился в последний момент, когда Умница уже все приготовил. И даже заправил трубочки. Я положил все это в последний пустой термос, подарок от покойничка, не зря унижался, выпрашивая, и поспешил на шашлыки. Я должен был приехать первым.

Вот теперь я мог бы сказать Вувосу: "Да!". В термосе не вирус. Черта с два бы он так спешил мне на помощь в зараженную зону. И уж точно так бы не волновался, что я сделаю что-то не то. А, главное, вызову кого-то.

Я гнал, как мог, изо всех "шкодных" сил. Времени было мало. Если у соседки хорошая тачка, лихач Вувос мог не оставить мне времени приготовиться. Я чуть не пропустил нужный съезд с дороги. Бросил машину на обочине и пошел в лесок.

У нашего кострища я вытряхнул содержимое термоса и потоптался по трубочкам, проследив, чтобы целой не осталось. Рядом бросил смятый термос. И увидел отсветы фар на стволах — Вувос заруливал прямо на мангал.

Я начал махать руками, мол, не приближайтесь, зараженнная местность, но Умница героически выпрыгнул из машины и бросился ко мне с криком:

— Где?!

Хоть бы перчатки надел, или морду замотал для видимости.

— Вот! — посветил я фонариком. — Видишь? Что делать?

Умница опустился на колени, вытащил из кармана пластиковый пакетик и стал руками (!), голыми (!!!) собирать комки земли с собственной спермой, бормоча, как свихнувшийся:

— Ничего, ничего, может, еще обойдется. Это такой особенный вирус, еще не все потеряно, я знаю, как с ним надо... А ты отойди подальше, потому что у меня к этому вирусу иммунитет, а у тебя нету...

Умница ползал... Пора было дать ему в морду, но как-то рука не поднималась. Убогий... оле хадаш[50]... Но дать было надо. И я начал подогревать себя воспоминаниями. Я вспомнил уведенную из-под носа смуглянку, томящихся в каталажке Капланчиков, свихнувшуюся племянницу, зубы тещи, слезы Левика из-за стереосистемы, ночь под окном у Максика, порнографическую занавесочку, Елкиного Олежку, Номи... Зря я вспомнил Номи. Там он все-таки был нашим боевым товарищем. И не подвел, хотя мог бы слинять. А ведь ему было очень страшно. Никому так не страшно, как трусам...

Умница вдруг замер, потом стал ощупывать землю вокруг. И вдруг возмущенно заорал:

— Должно же быть холодным! Где жидкий азот?! Куда же это он делся? Как же они его хранили?!

Мысль, что "вирус" мог погибнуть, а я остаться в живых его почему-то не обрадовала. Тут я вспомнил лицо моего нового шефа, слушавшего "иврит катан"[51] Умницы. Он ведь нарочно заранее продумал ситуацию. И выставил меня полным идиотом перед начальством. И почему-то именно в тот момент, когда перед глазами замаячил пышный бело-голубой бант на грифе гитары, моя правая нога сама замахнулась, и носок ботинка вмазал по копчику.

— За что?! — взвыл Умница, пропахав лицом золу.

— Ата ло андестенд? — мстительно спросил я. — Саентист гадоль! — и слегка пнул его снова.

— Боря! — жалобно попросил Умница. — Давай без этого, ладно? Скажи, что ты хочешь...

— А можно я сначала скажу, что я хочу? — попросил Вувос. — Хочу душу отвести за свою трехлетнюю дочку, которую завтра я должен везти к психологу. И за ухо любимой женщины. Ладно, Боря?

— Боря! Вова! Да вы что?! Это же все уже позади! Я же честно искупил вину! Жизнью рисковал, как в штрафбате... Будьте людьми! Скажите, что вы от меня хотите?

— Правды, — сказал я непреклонным тоном шерифа. — Что было в термосе на самом деле?

Умница медленно встал, вздохнул, посмотрел на нас болезненно-тоскливым взглядом Козюли:

— Ну... да. Не вирус. Не вирус, а вакцина. От СПИДа. Поняли? По-вашему, это менее важно? И что бы изменилось, знай вы это сначала? А про вирус я ляпнул, чтобы боялись и не сперли. — Он попытался посмотреть на нас орлом, но взгляду не достало уверенности.

Черт его знает, может и не врал. Звучало правдоподобно.

— Так потому и сперма, что СПИД? — смекнул Вувос.

Умница снисходительно кивнул. Нет, все-таки он врал. Если бы это была вакцина, не вел бы он себя так в полиции. И у Ахмата не было бы таких проблем.

— Дурчок ты, Вовка, необразованный, — сказал я. — Он же врет, как сивый мерин.

Умница подозрительно покосился на меня.

— Ну, давай, — мрачно поощрил я. — Попробуй снова.

— Я не понимаю, почему ты мне не веришь, — честно сказал Умница.

Эта сволочь честно не понимала, почему тупой мент Боря не верит такой удачной "лапше". Он стоял посредине ночной полянки, как забытый в песочнице олигофрен, не зная куда девать руки, глаза, куда вообще деться от куражащейся шпаны.

— А ты мне веришь? — поинтересовался я.

— Я — да! — явил он мне пример присущей порядочному человеку доверчивости.

— Так вот, поверь мне, что через четверть часа ты будешь вспоминать Елкин мордобой, как милые садо-мазохистские игры.

Кстати, Вувос, он оказывается в курсе, как мы в Афгане пытали их партизан...

Возникла тягостная пауза. Лунный свет графично высвечивал стволы, столы, скамейки, мангал. Щуплый, измазанный сажей Умница казался оставшимся после чужого пикника обгоревшим пеньком.

Вувос неожиданно заржал:

— Его теперь на шашлык не вытащишь — у него при вида мангала будут припадки.

— Кончай, — сказал я Вувосу. — Мне неприятно его запугивать. И калечить его будет неприятно. Но хоть унижать не надо.

Вувос вздохнул и сказал:

— Я понял. Иди. Когда будет что-то интересное, я тебя крикну...

Умница передернулся и с ненавистью посмотрел на нас:

— Достаточно. Я прекрасно понимаю, что вы оказываете на меня моральное давление. Но мне понятно и дальнейшее. Когда у вас ничего не получится, вы начнете меня бить. И нам всем от этого будет плохо... Обещайте мне, что никому не расскажете. Ни друзьям, ни полиции, вообще никому. И можете подавиться абсолютно ненужной вам информацией!

— Я ничего обещать не буду, — сказал Вувос. — Боря, если хочешь я уйду. Или останусь, как скажешь. Но ни в какие джентльменские отношения с ним вступать не буду.

Я закурил и ответил:

— Вова ведь заслужил право остаться, правда, Умница?

Умница строптиво задрал подбородок, сунул руки в карманы и даже, кажется, сжал их там в кулаки:

— Тебе что, Боря, Капланчиков мало? Только твой собственный шеф тебя будет еще больше презирать, когда ты с доносом на меня явишься.

— Кончай, — сказал я. — Выкладывай, а там посмотрим.

Тоскливо глядя на луну, как волк-подросток, Умница провыл:

— Ну-у, что именно ты хочешь знать? Что в термосе?

— А все. И что в термосе. И зачем "мутанта" убил.

На этот раз Умница говорил правду. Тяжело, зло, болезненно.

У Лариски действительно какой-то микроб дал мутацию. Умница издевательски произнес длинное микробье Ф.И.О. И этот мутант начал выделять какую-то дрянь, которая до него не существовала, но относилась к группе с отвратительно длинным названием. В общем, никого в отделе это не заинтересовало. Уже почти было выкинули этого мутанта, да тут Умнице подсунули глупую, но грудастую дипломницу, которую надо было чем-то занять. Он выдал девице крыс, пробирочку и послал проверять биологическую активность.

Далекая от лабораторных крыс девица ничего не обнаружила. А проведший с ними последние двадцать лет Умница понял, что происходит что-то новенькое. Крысам было хорошо. Понятие, конечно, не научное, но это бросалось в глаза.

Умница быстренько написал девице дипломную работу и отправил ее восвояси. А сам наложил лапу на мутанта. Оказалось, что крысам было так хорошо уже от микроскопических доз нового вещества.

— Так что, это был просто наркотик?! — скривился Вувос. — И из-за какого-то паршивого наркотика...

Умница искренне оскорбился:

— Это не просто наркотик! Это даже и не наркотик в вашем понимании. Это... это следующий уровень удовольствия!

— Ты пробовал?

— Что я, дурак? Ты Светку, лаборантку Максика знал? Ну, неважно. В общем, девица... красивая, да и толковая. Но на игле сидела, плотно, все пробовали, ничего надолго не помогало. А у нее уже ни денег, ничего, пустая комната в коммуналке. Шырялась чем попало. Последний раз ее в реанимации еле откачали... Ну, я и подумал... Вдруг ей поможет. Терять-то ей уже было нечего.

— Добрый доктор Менгеле[52], — прокомментировал Вувос и пнул мангал.

— А что?! На ком я должен был это пробовать?! Она, между прочим, до сих пор жива благодаря мне. И благодарна. Когда узнала, что я уезжаю, чуть не повесилась.

— Интересный препарат, — сказал я на это.

— Не то слово! — кажется, Умница тащился от одного упоминания об "ахматовской культуре". — Светка божилась, что побывала в раю. А ведь я ей дал одну десятитысячную того, что можно произвести за сутки на кухне... Вы понимаете, что это значит? Через год все эти колумбийские наркобароны остались бы только в детективах...

— Подожди, Умница, — попросил я, пытаясь по-новому посмотреть на это существо. — У меня как-то не укладывается. Ты что, решил наркобароном заделаться?

Умница запнулся и посмотрел на меня не без вызова:

— А что? Наркобароном я еще не был. Все интереснее, чем ходить на службу и лизать жопу начальнику, у которого мозг, как жопа. Тоже с одной извилиной. Или руководить лабораторией с тремя научными сотрудниками — с тремя извилинами. Боря, меня недавно представили академику Урлову, я еще студентом об этом мечтал. И что? Старик мне вдруг говорит: "Приятно познакомиться с таким творческим человеком. Это же вы написали "Как у нас в виварии шимпанзе повесился"? Я сразу подумал, что автор знает о биологии не по-наслышке."... А ведь в этой песне, Боря, я написал о трагедии почти каждого незаурядного человека, который все равно ни хера не реализуется, потому что не может вырваться из вивария... А меня судьба наградила шансом. Мутантом. И я не мог им не воспользоваться. Жизнь зашла в тупик, потому что мне неинтересно жить, как живут люди среднего ума и среднего достатка. И чтобы жить не так, мне не хватает именно достатка. А как у тебя с этим, Боря? Тебе не хочется проломить стену? Тебе нравится вести жизнь очень среднего человека?

Вувос с удивлением наблюдал, как я все это терплю. А мне было горько. Я уже давно старался ничего подобного себе не формулировать. И я грубо опустил уровень разговора:

— Мне многое не нравится, Умница. И когда пытаются снять комнату в моей квартире, и когда распоряжаются моим временем, как своим, и когда меня выставляют идиотом перед шефом, да и перед Максиком тоже, и когда пули бьют по бронежилету. А уж как мне не нравится искать наркотик под предлогом спасения человечества, я тебе передать не могу!

Я перевел дух. Светало по-левантийски лениво. Серый грязный рассвет цеплялся за верхушки деревьев рыхлыми пальцами. Уже и рассвет, до которого я мечтал и почти не надеялся дожить, мне не нравится... А что мне вообще в этой жизни нравится? Я вздохнул и зло продолжил:

— А знаешь, что мне нравится? Наркоторговцы. Каждому, даже потенциальному продавцу наркотиков я готов позволить устраивать у себя дома пьянки, водить блядей, ломать протезы теще и аппаратуру сыну, запугивать жену и близких эпидемиями, наговаривать на моих друзей...

— Исповедь добропорядочного бюргера! Вот поэтому я и не хотел тебе ничего рассказывать! — в сердцах выпалил Умница. — Вот посмотри, Боря, что ты с собой сделал. Твой дед был крупный ученый. Я уже через сколько лет его работы в своих цитировал... Твой отец, если бы, извини, не спился, стал бы выдающимся архитектором. А спился он, между прочим, потому, что не мог реализовать свои идеи. А ты мент. Стандартный мент. Сам себя таким сделал. А я ведь помню, что мне Ленка в юности о тебе рассказывала. Я ведь комплексовал. А сейчас не комплексую...

Забудь на минутку, что ты мент. И вспомни, что лет двадцать назад ты еще был способен абстрактно и логично мыслить.

— Пивка бы, — тоскливо сказал Вувос. — Боря, у тебя в машине ничего нет?

— Ну конечно, — горько кивнул Умница. — Пойдите, пивка попейте. Хорошее мужское дело. А потом в морду дайте.

Я и не заметил, как инициатива перешла к Умнице. Для серьезного разговора главное найти подходящее место и время. Эта двуногая Козюля во многом была права. В тринадцать лет, узнав от дедушки о новообретенном духовном совершеннолетии и взрослой ответственности, я батарейным набатом известил об этом подъезд — разбил скрипочку о батарею. А футляр не выкинул и раз в несколько лет им пользовался — то водку в общежитие пронести, то Сенькин обрез спрятать. И каждый раз, когда открывал футляр, словно несуществующая струна рвалась... Мне стоило неимоверных усилий вылепить из себя нормального мужика. Эти бы усилия в противоположном направлении... кем бы я сейчас был? А кто я есть? Нормальный крепкий мужик, которому ужасно скучно среди себе подобных. Есть минуты, когда я просто чувствую себя какой-то вышедшей замуж блядью, обреченной до смерти прикидываться порядочной женщиной. Но слышать такое от Умницы! Неужели, это так заметно?..

— Молчишь?! — торжествующе обличил Умница. — Вся жизнь промелькнула? Это потому, что ты...

— Короче, — оборвал я. — Ближе к термосу, наркобарон.

— Ах, короче? — понимающе усмехнулся Умница. — Ну, конечно... Телеграфирую: Светка поделилась препаратом с какими-то приятелями. Среди них оказался дальний родственник Ахмата. Утечка информации, Ахмат — интеллектуально-полноценный профессионал, все понял. И я понял, что он понял. Меня стали терроризировать наркоманы, и Светкины приятели, и какие-то новые. Я испугался. Потому что знаю — иметь дело с российскими криминалами — не для меня. Быстро оформился на ПМЖ. А перед отъездом убил все, что не поместилось в термос.

— Мутанта убил?

— Убил. Тебе теща передала? Старая школа... А Ахмата теперь, скорее всего, убьют. Оказалось, он уже успел продаться кавказской мафии. Наверное, взял деньги, наверное потратил. Все. Можно поехать домой? Или в тюрьму?

— Тебе больше нечего нам рассказать? — спросил я на всякий случай. Потому что сам не знал что теперь с ним делать, а Вувос ждал конкретных действий.

Умница сладко потянулся, огляделся, подошел к скамейке и сел. И важно сказал:

— Мне есть что предложить. Новую жизнь. Ты только вдумайся. Абсолютно. Новая. Жизнь... В которой ты больше не будешь ментом, Боря. А будешь тем, кто ты есть на самом деле. Или кем ты себя считаешь. Или кем хочешь казаться. Хочешь, а не должен, улавливаешь разницу? И всего-то для этого надо сначала концентрированным интеллектуальным усилием освободиться от принятых в виварии иллюзий, а потом найти термос. Что не так сложно, потому что он близко, и дерево вариантов уже почти без веток.

— А потом?

— Потом будем партнерами в скромном миллиардном бизнесе. Боря, это официальное предложение. Никому другому я бы этого не предложил. И тебе бы не предложил, если бы какая-то сука термос не сперла. Но все равно, я планировал тебя привлечь — нанять за очень большую зарплату. Но раз уж так вышло, то я тебе предлагаю долю — тридцать пять процентов.

А забавно было бы... Могло бы даже получиться. Без человека вроде меня у него нет шансов. Не ему строить структуру, выбивать долги, разбираться с конкурентами, командовать боевиками и прочая, и прочая. И выбора у него нет — кому он еще может доверять...

В прежней жизни все, что могло быть — уже было. Что осталось? Десятилетия инерции... Прожить вторую жизнь, что ли... Крупномасштабную. Жизнь боевой вши под микроскопом. Я взглянул на сидящего по-зековски на корточках Вувоса, сосредоточенно выдыхавшего ровные кольца дыма. Наверное, чтобы провести красную черту, как и прямую линию, нужны две точки. И я был благодарен Вувосу просто за присутствие при этом разговоре.

— Я буду заниматься технологией и производством. А ты обеспечением безопасности и контактами, — прояснял Умница.

— А я? — вдруг спросил Вувос.

Умница метнул в него кривой нож взгляда:

— А ты понадобишься Боре. Об условиях договаривайся с ним. Ну что?

Серый, как моя жизнь рассвет уже запустил пальцы в грязные волосы крон. Лицо Умницы, в черных пятнах золы, делало его похожим на гуманоида. И предложение его было фантастическим. Но это было предложение гуманоида. И мое жалкое человеческое естество зябло в утренней неуютности, норовило забиться в футляр от скрипки, подальше от летающей тарелки "с голубой каемочкой" и улыбающейся стюардессой-китаянкой на борту.

Вувос щелчком отправил окурок в мангал, встал и попросил:

— Борь, поехали уже. А то еще немного, и мне захочется согласиться.

19. Кремлевская отравительница

На обратном пути вся эта история чуть не оборвалась — два главных героя могли погибнуть в банальной автоаварии. Я засыпал за рулем так явно, что обеспокоенный Умница даже предложил повести машину. В квартиру мы зашли по звонку Ленкиного будильника...

А проснулся я от громкой наглой музыки. Счастливый Левик пританцовывал вокруг воскрешенной стереосистемы. Умница встретил меня заготовленной фразой:

— Вот, не мог уйти в тюрьму, не вернув ребенку игрушку.

Мрачно буркнув:

— Ударный труд — залог досрочного освобождения, — я скрылся в ванной.

Надо было решать, что с ним делать. Я не желал принимать навязанный мне тон, который обяжет к чему-то, намеченному Умницей. Его заниженная потребность в сне оборачивалась этим утром слишком явным преимуществом.

Для раскачки я решил почитать в газетах о наших вчерашних похождениях. Лучшего повода смыться из дома было не придумать.

Супермаркет перед шаббатом уже закрывался, но лавчонки еще работали. Я взял толстенную пятничную "Едиот ахронот" и пошел в кафе, как и положено, черт побери, человеку в отпуске. Эпидемия больше не грозила ни человечеству, ни даже остатку моего отпуска. Да и кофе оказался хорошим.

Мы удостоились первой страницы. Народу Израиля сообщали, что в Аль Азарии была обнаружена и ликвидирована подпольная лаборатория по изготовлению взрывных устройств. Особо отмечалось, что для бомб использовалась пластиковая взрывчатка. Да... знали бы они откуда ее Вувос добыл — вот это действительно была бы сенсация! Говорилось и о больших жертвах среди террористов. Из источников, близких к осведомленным сообщалось, что случайный взрыв послужил причиной перестрелки между двумя конкурирующими террористическими группами и привлек внимание сил безопасности. О группе журналистов Си-Эн-Эн даже не упоминалось.

Домой не тянуло, я взял большую кружку "Туборга" и, медленно прихлебывая, начал медленно полистывать. Честно сказать, читал я только заголовки, потому что разгадывание неогласованного[53] текста портило вкус пива.

Ближе к концу газеты я облил брюки, поставил кружку и помотал головой. Из газетного "подвала" улыбалась мне всеми сорока новыми зубами моя теща, Софья Моисеевна. Рядом с ней стоял крепкий дедок с лицом человека пожившего и собирающегося еще пожить. А над ними скалилась лошадиная морда с зубами, словно от того же стоматолога.

Статья называлась: "История любви". Подпись под фотографией: "Русская тройка в мошаве Аминадав: Софья, Наум и Принцесса". Очень интересно. Из слащавой статьи я узнал кучу новостей. Во-первых, что через три недели состоится свадьба моей тещи с известным даже мне отставным генералом. Во-вторых, что у жениха уже было шесть неудачных браков. Тут я подловил себя на странной эмоции, типа — зачем же мы отдаем нашу чистую девочку за вашего испорченного мальчика. В-третьих: на свадьбу невеста выбрала себе необычный подарок — породистую кобылу, которая вчера была доставлена спецрейсом из Англии.

Да-а... Я перевел дух и, за неимением в кафе ничего более крепкого, потребовал еще пива. Эту пилюлю надо было запить.

Может быть, журналисту, щадя возраст невесты, не сказали всего? Не уточнили, допустим, что подарок этот она себе выбрала больше полувека назад, весной сорок первого года. Хотелось ей, например, "весенней гулкой ранью проскакать на розовом коне". А Наум, скажем, это помнил. Но нет. Не будет нормальный человек дарить невесте то, чем она не сможет воспользоваться из-за возраста. Это как подарить слепому фотоаппарат. И не настолько богаты наши отставные генералы, чтобы так вот выпендриваться. Значит, теща сама хотела именно этого. Получить лошадь. Анекдот. Будет красить ее в зеленый цвет?

А, главное, что за срочность? Свадьба, как мы теперь знаем из газет — не забыть сказать об этом Ленке — через три недели. Зачем спецрейс из Англии?!

Я прикрыл глаза, чтобы сосредоточиться, но тут же представилось, как теща, восседая на норовисто гарцующей Принцессе, въезжает в "Капульский" позавтракать с подругами. Жилистой рукой она сжимает поводья... А другой — стальную косу? Господи, ну зачем этой старой кляче породистая кобыла?!

Что еще можно делать с лошадью, если не скакать на ней? Можно ее съесть, но породистость качество мяса не улучшает. Можно сдать в аренду, но только кому и зачем. Можно запрячь в телегу. Пахать на ней можно. А можно и разводить породистых лошадей. Чем не аристократическое занятие для пожилой леди? Странно, конечно, но не вполне абсурдно.

Нет, не спроста все это. Лошадь... А ведь последние дни вокруг меня, как назойливые мухи крутятся лошади. До приезда Умницы не помню ни одного "конского" разговора — ни со мной, ни при мне.

И вот что интересно — оба разговора я слышал по "длинному уху" и вел их Умница. Можно предположить, что он говорит об этом и без "уха". Максика он просто достал, тот только и бормотал в ответ: "Все мы немножко лошади". Ладно. А вот с тещей... кто же из них эту тему начал? Ничего не вспоминается, значит все было естественно, ненавязчивый светский разговор. Фа-фа, ля-ля, мол, Фимочка, не угодно ли семейный фотоальбомчик... Ах, Софья Моисеевна, какая прекрасная лошадь... Преклоняюсь перед вашей эрудицией, сударь... А я, сударыня, и на скачках поигрываю, а замдиректора конезавода вообще мой одноклассник, валюту гребет, на коне Антее в большой бизнес въехал, а уж жеребенок от него — восьмое чудо света...

Здесь теща стала интересоваться лошадиными именами — с чего бы ей про это спрашивать? Да еще с таким неподдельным интересом — уж я-то знаю эти ее интонации. Что-то такое он теще ответил... а, что начало от матери, а конец от отца. Я еще подумал: "Ясно, что конец от отца", потому и запомнил. Потом была кобыла Дефлорация, потом я психанул и отключился. Зря, наверное, отключился...

Кафе уже закрывали. Пришлось встать и плестись домой. Да, интересно будет посмотреть на Ленкино лицо... В общем, так. Сами — на свадьбу. Умницу — на зону. А Левика переименую в Ленбора. Раз уж такая любовь к лошадям в доме, будем продолжать традиции родного конезавода. Дефлорация! Это же надо! Скрестить такую со знаменитым Антеем, получится Дефлорант. А как теща собирается называть своих жеребят? Скажем, если от того же Антея? Принцант? А как восьмое чудо света зовут? Икс-ант. Например, Гарант. Или Адьютант. Аксельбант. Дефолиант. Мутант. Мутант? Мутант...

Как там Максик лепетал: "Все мы немножко мутанты". В этом месте я тоже отключался, но, надо полагать, что Умница его как-то на это провоцировал. Но что он имел в виду — "ахматовскую культуру" или коня?..

Можно ли все это понимать так, что Умница вел лошадиные беседы с потенциальными ворами термоса? Да, а как это иначе понимать. А почему? По идее в термосе должно быть что-то, связанное с лошадьми. А в термосе — сперма. И, как я теперь понимаю, не кроличья. А лошадиная. Но как вор может понять, что это такое? Допустим, и теща, и Максик достаточно смыслят в биологии, чтобы понять, что это сперма. Но что лошадиная? Сильно сомневаюсь. Значит, если предположить, что я прав, в термосе еще должна быть какая-то документация. Родословная, разрешение на вывоз, неважно. Что-то со словом "конь". А возможно и "Мутант".

Наркобарон был дома и занимался с Левиком математикой. Я отпустил сына на Алмазную площадь — лоботрясничать. И сурово изрек:

— Умница, есть мнение, что ты не полностью разоружился перед новой родиной.

— А что такое?

— Поступила агентурная информация, что сперма в термосе была не кроличья.

Умница просиял:

— Я знал, что ты найдешь! Конечно, не кроличья!.. Боря, так мы вместе? Ты решил?

Ну, то, что я правильно вычислил насчет лошади, я практически не сомневался. А вот угадал ли я с именем коня было очень интересно.

— Следующий вопрос. Лучшую кобылу на нашем конезаводе зовут Мушка? Или Мулька? Или Мурмулетка?

— Мулен Руж ее зовут, Боря! — воскликнул Умница и изобразил канкан. — А где же термос?!

— Пока не знаю. Савланут.

— Но... но ты же прочитал разрешение на вывоз? А оно было в термосе... Где он, Боря?

Ага, значит и здесь я был прав. Был в термосе документик. Оставалось только процитировать классика:

— "Этот метод, Ватсон, называется дедукция".

На Умницу стало жалко смотреть.

— Поклянись, что не нашел, — потребовал вдруг он.

— Клянусь, — автоматически согласился я.

Испытующе-напряженный взгляд Умницы стал недоверчиво-уважительным.

— Ну, Боря, — потрясенно сказал Умница. — А еще говорят, что евреи в Израиле тупеют. А ты — наоборот... Неужели сам догадался? А как?!

Мне всегда легче догадаться, чем объяснять потом — как. К счастью, тут, как в театре, началась новая сцена. Влетела Ленка, ругаясь, что ее задержали на работе, а она ничего не успевает до шаббата, что все на ней одной.

— Ничего, старушка, — успокоил я. — Поужинаем попозже, я еще съезжу навещу Ирочку.

Но Ленка не была бы Ленкой, если бы не потребовала взять ее с собой.

В машине я молча протянул Ленке развернутую газету. Я даже с места не тронулся, чтобы насладиться выражением ее лица. Удивленное, ошеломленное, оскорбленное, догадывающееся, прощающее, недоумевающее. На этом она и остановилась. А я, наоборот, поехал.

— Я все понимаю, — сказала Ленка. — Но зачем маме лошадь?!

Это-то как раз мне было понятно. И я спросил:

— А зачем твоей маме скрывать от нас дату свадьбы?

— Здесь, Боря, на нее не надо обижаться, — смущенно ответила Ленка. — Я думаю, это из суеверия. У них ведь уже был однажды назначен день свадьбы. В сорок первом году, на середину июля. И все приглашены. Наверное, из-за этого... Но лошадь? А знаешь, с мамой в последнее время стало очень сложно.

— Стало? — не удержался я.

— Борька, прекрати. Она совсем сбрендила. Ты знаешь, почему она хочет сдать комнату Фимке?

Знаю. Из стервозности. А вслух сказал:

— Надо думать, чтобы иметь финансовую независимость от своей Синей бороды.

Ленка рассмеялась не без несвойственной ей жеманности:

— Не только и даже не столько. Она хочет нас развести. И чтобы я вышла замуж за Фимку.

— За такого развратника?! — возмутился я. — И это аидише мама?

Ленка по-девчачьи хихикнула:

— Мама считает, что он не так уж порочен. Ведь раньше он таким не был. Что водит баб, чтобы продемонстрировать мне свои мужские качества.

В сторону Маалухи тянулась бесконечная пробка — перед шаббатом все чувствовали себя чуть больше евреями, чем обычно и стремились попасть домой до его наступления. Зато ехать в противоположном направлении было одно удовольствие. Я пролетел объездную дорогу, сделал короткий зигзаг через Аялон и свернул на Сады Сахарова, к кладбищу, где и находилась больница, гордо носившая герцогский титул.

В психушку мне заходить не хотелось, и я попросил Ленку вывести Ирочку на свежий воздух. Ленка помотала головой:

— Их не выпускают.

Вокруг околачивались явные психи, и я указал на них:

— А эти?

— Это мужчины. Здесь такая традиция. Раньше больница была для религиозных, они очень болезненно воспринимали всякие непристойные проявления у женщин. Ну, там сексуальную расторможенность, или поведение какое-то не такое. И женское отделение было закрытым. Так и осталось.

Мы миновали несколько серьезных дверей, словно к Халилю в гости шли и, наконец, увидели племянницу.

Ирочка была заторможена, веки полуопущены, лицо амимичное, наверное, накололи ее всякой дрянью. Но мне улыбнулась и в общение вступила. Ленка суетилась вокруг с гостинцами, засыпала ее вопросами, на большинство которых Ирочка вполне адекватно, хоть и не сразу, отвечала. Потом потребовала, чтобы все спрятали в тумбочку, а то придет прожорливая Мэри и все съест. Я было насторожился, но тут действительно пришла толстая девица по имени Мэри и стала выяснять, что мы принесли вкусненького. Я выдал ей конфету и выставил в коридор. Ирочка была уже достаточно в ладах с реальностью, чтобы ответить на мой вопрос:

— А ты знаешь, Ирка, что было в той пробирке на самом деле?

Ирочка посмотрела на меня неприязненно и нехотя ответила:

— Не вирус. А что было?

— Духи, — улыбнулся я.

Ирочка помолчала, затем с подозрением спросила:

— В пробирочке — духи?

Я решил, что надо чуть подправить тему и рассмеялся:

— Ну, ты же знаешь, что Софья Моисеевна — пожилой человек, со своими закидонами. Она держит духи в пробирке. Слушай, а почему ты искала вирус в ее комнате?

У Ирочки от удивления даже приподнялись веки:

— А где же еще? Я же видела.

— Что?!

— Что она унесла к себе термос.

Ну все. Значит, я прав. Не-ет, не так уж был глуп пресловутый капитан МГБ Гольдфельд, таскавший тещу на допросы во время "дела врачей". Чувствовала гебистская ищейка криминальные наклонности.

— И что потом, Ирочка? — вкрадчиво спросил я.

— А потом Софья Моисеевна спустилась к вам, смотреть на труп собаки.

— А ты почему не спустилась?

— А зачем? Я курила травку на хозяйственном балкончике. И думала... про вирус.

Все хорошо, кроме того, что с хозяйственного балкончика не видны ни коридор, ни тещина комната, ни "занавесочка". И если она видела тещу, то и теща увидела бы ее и не стала бы красть термос. Значит, Ирочка видела тещу сквозь стены. Кажется, я забыл, где нахожусь. Но все-таки сказал ласково-фальшиво:

— Ирочка, ты не могла оттуда ничего видеть. Оттуда ничего не просматривается, детка.

Племянница меланхолично покачала головой и возразила:

— Было видно. Вы большое зеркало из багажа к стенке прислонили, в коридоре. Я курила в темноте и прикалывалась, что я вас вижу, а вы меня нет.

— Да, это может быть, — вслух подумал я. — И что потом?

— Я вошла в комнату Софьи Моисеевны. Левик спал. От фонаря было светло, я сразу увидела пробирку на столике, на туалетном. Она уже успела ее вытащить из термоса. И я ее взяла... Боря, а там точно были духи?..

Во время разговора я поглядывал на Ленку, ожидая увидеть вторую серию немого кино на ее лице, но Ленка как бы и не удивилась. На что я ей и указал на обратном пути. Она покраснела:

— Извини, Боренька... Я маме честное слово дала, что никому не скажу. Особенно тебе.

Я фыркнул. Ленке было очень неловко:

— Боря, мама просто меня пожалела — она видела как я страшно волнуюсь и рассказала мне, что забрала вирус.

— Зачем?

— Потому что она боялась. Она ведь профессионал, и совершенно правильно сказала, что такое страшное оружие не должно находиться в руках человека с таким неординарным воображением, как у Фимки... Ну что ты молчишь? По крайней мере, она его хоть увезла из дома.

— Куда?

— Ну... Наум построил для нее специальный бокс, или что там положено. Мама сказала, что теперь все безопасно, она же в этом разбирается.

Я остановился перед автобусной остановкой на Французской горке. И повернулся к жене:

— И ты молчала об этом и после похищения Номи?! Зная, что мы идем на почти верную смерть?! Из-за того, что у нас нет термоса?

Ленка побледнела, облизала пересохшие губы, но мой взгляд выдержала:

— Боря... кроме того, что я дала честное слово, есть еще одно... Я не могла сказать это потому, что при любых обстоятельствах вирус не должен был попасть в руки врага.

Я вспомнил себя в караване у Вувоса, рассмеялся и поцеловал недоумевающую Ленку. Тут я заметил мою, то есть умницыну Смуглянку на потрепаном "Рено", истошно засигналил и попросил дать Ленке тремп, радуясь и сожалея, что могу попросить с чистой совестью, по-соседски.

Выпущенный на свободу с чистой совестью, я мчался к Принцессе. Теперь у меня была полная картина происшедшего и никакой уверенности, что репродукция этой картины не отпечатана в мозгу Умницы. Я жалел, что взял Ленку в больницу, потому что Умница, оставшись один, конечно же перерыл все тещины бумаги и мог найти адрес Наума. Надо признать, варианты он считал быстрее меня. Зато я быстрее передвигался.

Однако, неделю назад Умница просчитался и перегнул палку. Слишком напугал Софью Моисеевну. Он не учел, что она бывший чумолог и для нее вся картина пандемии носила отнюдь не абстрактный характер. Учитывая, что она все наше поколение считает придурковатым, а Умницу еще и непредсказуемым, теща поняла, что человечество надо бы спасти. Конечно, ей сразу пришло в голову подменить термос. А когда услышала об убитой собаке, решила срочно действовать, из суеверия. Потому что еще в прошлый раз выучила примету: убитая собака — к большим неприятностям.

Не заметив прибалдевшую на хозяйственном балкончике Ирочку, теща подменила термос и спрятала его. И быстренько пошла смотреть на Козюлю, для алиби.

Наверное, теща надеялась, что пропажа какое-то время не обнаружится, и она решит что делать с таким смертоносным вирусом. И тут Умница спокойно открывает термос. Просто так, без всякой необходимости и мер предосторожности. То, на что у мента ушло шесть дней, у отставного чумолога ушло шесть секунд — она поняла, что в термосе не вирус. Любопытство у нее с возрастом стало патологическим, и в первый же подходящий момент она, надо думать нацепив противочумный костюм, открыла термос. И нашла в нем разрешение на вывоз спермы жеребца Мутанта. Кроме того, питательная среда явно была не "агар-агар", как уверял Умница. Под микроскопом теща увидела сперматозоиды. То, что это все лишь среда для продуцирующих супернаркотик бактерий, ей в голову прийти не могло. Маскировка Умницы сработала. А если даже и были у нее какие-то сомнения, то услышав, как Ахмат обвиняет Умницу в убийстве Мутанта и обзывает "пробирочным конокрадом", теща уверовала, что у нее в руках огромная ценность. Еще бы! Жеребец-вундеркинд Мутант, это "восьмое чудо света", убит, и все, что от него осталось — эти трубочки с его уникальными генами. Что и говорить, изящно теща выведала у Умницы родословную Мутанта. И, надо думать, не менее изящно подбила своего Наума доставить ей Принцессу со скоростью авиалайнера. И скоро я буду женат на дочери коннозаводчицы! Или израильской зека, потому что тщеславие тещу все-таки погубило — не стоило ей фотографироваться, считая, что никто из нас не читает ивритские газеты.

... Аминадав был одним из тех израильских мошавов, которые лечат "русскую" душу от ностальгии. Люди здесь жили просторно. В больших домах, с большими участками. Я бросил машину, прихватил из багажника жидкость для разжигания углей и, вдыхая сельские запахи, отошел подальше. В сгустившихся сумерках высмотрел пацана лет десяти и узнал где дом генерала. Вроде бы никто из взрослых меня не видел. Вроде не засветился.

Минут через несколько я уже шел вдоль нужного забора. Невысокого, без телекамер, с примитивной сигнализацией. За забором безжизненно темнел большой дом — мне повезло. Хотелось верить, что они не в синагоге, а уехали к друзьям Наума на шаббат.

Через пару минут я уже изучал местность изнутри. В дальнем углу участка мне почудился классический дощатый деревенский сортир. А неподалеку большой сарай. Подойдя ближе, я услышал оттуда симпатичное фырканье, а потом мелодичное ржание скучающей лошадиной девицы.

Замочек на сортире был детский. Я посветил фонариком. Все правильно, я оказался в тещиной лаборатории.

Поозирался. На стеллажах стояло с десяток больших стеклянных банок с белыми крысами. Я постучал пальцем по стеклу, крыса дружелюбно уставилась на меня. Не исключено, что ей было "хорошо". Термос нашелся почти сразу, он был пуст. Было еще много какого-то лабораторного оборудования, с которым мне совершенно не хотелось знакомиться методом проб и ошибок. Но что оставалось делать?

Я выбрал нечто, наиболее похожее на термос и открыл. Повалил холодный пар, я испуганно отпрянул, но потом вспомнил, что Умница "на шашлыках" жаловался на отсутствие жидкого азота. Посветил внутрь и узнал знакомые по фальшивке для Халиля трубочки. Кажется, их было чуть меньше.

Азарт ищейки испарялся, как жидкий азот. Вот, нашел. Разгадал. Опередил. Теперь надо уничтожить, пока этот наркотический "вирус" не поразил весь мир. Выплеснуть на пол и сжечь... И что потом? Собачья жизнь — служить и разыскивать. Хоть волком вой. Может, действительно, пора? Полжизни собакой, полжизни волком. С вожаком Умницей? Ну уж нет. А вот предложи мне игру в наркомафию Вувос, интересно, согласился бы?.. Занятно уже то, что я всерьез об этом думаю. Что-то с нами здесь происходит. А может, не здесь, а с возрастом... Нет, все-таки нет. Западло. Не мое. Стало быть, уж с Умницей-то и думать нечего. Эх, не гулять мне в бархатных портянках с клюшкой для гольфа!

Я на прощанье осмотрелся, подошел к маленькому столику, полистал тетрадку. В ней знакомым почерком протоколировались эксперименты. Вот что значит старая школа! Софья Моисеевна все-таки проверила сперму на вирулентность — поэтому и счастливые крысы в банках. И даже заметила какие-то странности в поведении грызунов, но, не обнаружив при вскрытии никаких признаков патологии, решилась сегодня утром на искусственное осеменение Принцессы. Вот почему трубочек стало меньше.

Но самое забавное было на полях. Запись личного характера: "Неудобно перед Фимой. Но если он женится на Леночке, то все это скоро вернется к нему. А если нет, то так ему и надо."

— Так ему и надо, — впервые с удовольствием процитировал я тещу, выливая содержимое сосуда на пол. Покинув "холодную парную", я полил стенки жидкостью из прихваченной заранее бутылочки и запалил, как хату барина, с четырех сторон.

Медленно, но разгоралось. Пора было сваливать. Кто-то уже бежал на свет огня. Я оступил за дерево.

В круг света влетел Умница с лицом новобранца после марш-броска. Хорошо еще, что я отключил сигнализацию, то-то выю бы было. Умница уже сунулся в огонь, да я его окликнул.

— Сукин ты сын! — прошипел он. — Не лезь! — и снова полез в огонь.

Пришлось его спасти — попридержать, хоть он и извивался. Пока он дергался, разгорелось всерьез. Бедная Принцесса уже охрипла ржать. Она билась в своем сарае и вполне могла его разнести.

— Сейчас сбегутся соседи, — объявил я. — Ты остаешься?

Он сразу обмяк, и я его отпустил.

— Ну почему мне так не везет?! — пожаловался он мне. — Если бы ты был хоть чуточку умнее! Или хоть чуточку глупее! Как бы все было хорошо!

Мы дружно перелезли через забор и зашагали к машине. Благополучно выехав из Аминадава, я наконец-то расслабился. А Умница вдруг приободрился и заявил:

— Нет худа без добра! Фиг ты меня теперь посадишь. Вещественные доказательства-то сгорели.

Я хмыкнул. Детская психика, упругая, как резиновый мячик.

— Ну, жалко, конечно, — продолжил он. — Но что же делать. В конце-концов мне тоже всегда больше нравились легальные способы заработка. Просто не отказываться же, когда судьба дарит такой шанс... С другой стороны, все мне в этом проекте нравилось, кроме одного. Что культуру я не сам вывел. Значит, теперь сам что-то придумаю. А вот ты, Боря, ты ведь человек не творческий, ты ведь ничего уже не придумаешь... Вот скажи, только честно... тебе-то совсем не жалко?

Я не был готов отвечать честно на такой вопрос, поэтому сказал:

— Мне слегка жалко, что спалил ценный лошадиный генофонд.

Умница истерически захохотал:

— Тогда не жалей! Боря, ты не поверишь! Я сегодня с Россией разговаривал. Меня киданули. И кто? Дремучий зоотехник, антисемит. Мой друг приказал ему взять для меня сперму у Мутанта, а этот национал-патриот взял ее у осла. Нарочно, чтобы российский генофонд не разбазаривать! А потом напился и хвастался, глумился. Вот фашист! Друг-то извиняется, он же не знает, что это всего лишь для маскировки. Хотя, конечно, я подумывал, что и для стартового капитала сгодится. Кстати, он мне еще сказал, что Ахмата убили. Вот не повезло человеку. Ну и денек сегодня, да, Боря?

Да. Я еще раз оценил новый поворот ситуации, прислушался к своим ощущениям и сформулировал:

— Я хочу заключить с тобой соглашение. О молчании. Я молчу, что ты провез в страну наркотик. А ты ни одной живой душе не расскажешь, как тебя киданули. По крайней мере ближайшие девять месяцев, или сколько это у лошадей.

Умница притих, а потом захлебнулся счастливым детским смехом:

— Так ей и надо! Боря, а когда ты догадался, что это она? Я еще позавчера...

Эпилог

Ну как я провел эти полгода... Нормально. Тускло. Крутился. И продолжаю. По железному принципу шестеренки: притерся к механизму, и все уверены в твоей необходимости. А что стираются зубцы, так тем проще — ты не цепляешь, тебя не цепляют...

Умница, через несколько дней после пожара, прямо из-за занавесочки махнул в ешиву[54]. По шаббатам приходит весь в черном и жрет на неделю вперед все подряд, не интересуясь кошерностью. Ленке он объяснил: "Я пришел в еврейский дом. Как еврей к еврею. И если меня накормили чем-то не тем, ответственность на тебе". В последний раз он поделился планами создать собственный "двор" для харедим[55]-интеллектуалов, и что у него уже есть один собственный хасид, который сейчас собирает пожертвования в Штатах.

Свадьбу Софьи Моисеевны гуляли с размахом. Можно сказать, с аминадавской широтой. Хупу[56] поставили в банкетном зале "Хилтона". Теща, правда, претендовала на "Кинг Дэвид", но Наум заявил, что там он уже женился, и поэтому все приличные старые отели исключаются.

На свадьбе я знал почти всех. Половину видел по телевизору, а вторую несколько раз мельком в родном городе. Теща, борясь за равное представительство сторон, созвала всех, кого только было можно, включая Вувоса. Он явился с еще неостывшими целующимися, как голубки, бронзовыми лошадьми. А на Елке были экстравагантного дизайна серьги в почти одинаковых ушах.

Наум, кстати, мне очень понравился. Просто отличный мужик. Прекрасно сознавал как воспринимается окружающими его седьмая свадьба и сам много шутил по этому поводу. А тещу называл "мой Шаббатончик". Софья Моисеевна слегка рдела, поджимала губки, злилась, но — невероятно! — молчала. Я так подозревал, что пока. Вообще, мужчина, пронесший свою школьную любовь через полвека, достоин уважения... кем бы ни был объект любви. Нет, ну почему мужику так не везет с бабами?

Самое противное, что Наум всерьез продолжает считать медалистку Софочку очень умной. Он даже не постеснялся сказать в своей свадебной речи, что немного робеет, так как впервые в жизни ему предстоит жить рядом с умной женщиной. Теща в этот момент смотрела только на меня. И еще он сказал, что, к сожалению, у них не может быть детей. Зато, благодаря Шаббатончику, скоро у них родится первый резвый жеребенок, а там, даст Бог, их будет много.

Свадьба с какого-то момента пошла по "русскому сценарию" — меньше танцев, больше тостов. Когда дошла очередь до меня, я был уже сильно нетрезв — не каждому выпадает выдавать замуж засидевшуюся тещу. Я вышел к микрофону и сказал: "Дамы и господа! Я откровенно счастлив. Я почти двадцать лет прожил с невестой под одной крышей. Поэтому я знаю, что все ее начинания дают нестандартные результаты. Уверен, что скоро в мошаве Аминадав появится новая левантийская порода, которая унаследует не только лучшие качества матери и отца, но и упорство и интеллект своей хозяйки! Лехаим!"

Закончив речь, я обезоруживающе улыбнулся насторожившейся теще и пошел к своему месту в обход, чтобы миновать Умницу. Наш ешиботник содрогался в конвульсиях смеха, уткнувшись лицом в голые коленки какой-то местной знаменитости. Его новенький штраймл[57] свалился с головы и, как черный свернувшийся кот, прильнул мехом к щиколоткам брезгливо улыбавшейся дамы.

Вот только с шефом у меня так и не сложилось. И это создает определенные сложности, а главное постоянно портит настроение. В трудные минуты я делаю себе очень крепкий кофе, закуриваю и думаю о том, что скоро у Принцессы родится породистый мул.

И тогда Наум поймет, что от судьбы не уйдешь, и что его Шаббатончик — такая же дура, как и предыдущие шесть.

---

[1][1] принятое сокращение «шекель хадаш» – новый шекель

[2] стереосистема (иврит)

[3] багаж (иврит)

[4] балкон, веранда (иврит)

[5] интернат (иврит)

[6] оборудованный для проживания вагончик

[7] израильский автомат

[8] принявшие иудаизм

[9] обрезание

[10] вид кактуса; прозвище рожденных в Израиле евреев

[11] ермолка (признак религиозного или соблюдающего традиции еврея)

[12] восточно-средиземноморский стиль

[13] раввин, лидер крайне правых движений; убит в США; его убийца был оправдан судом присяжных

[14] общая служба безопасности

[15] молитвенное облачение еврея, внешне напоминающее платок с кистями

[16] некоммерческая организация, в данном случае жилищно-строительный кооператив

[17] стакан кофе (иврит); приглашение на «кос кафе» лица противоположного пола можно рассматривать и как эвфемизм

[18] Мессия

[19] непроизносимй простым европейским евреем (ашкеназом) звук иврита

[20] товарищ, в совр. иврите также и сожитель

[21] вязаная кипа – обычно носится религиозными сионистами

[22] дневная молитва

[23] для молитвы необходимо минимум 10 евреев

[24] преседатель (араб.), подразумевается Арафат

[25] израильская государственная авиакомпания, не работающая по субботам

[26] от «Шалом ахшав» – «Мир немедленно» (израильская пацифистская организация)

[27] полиция (иврит)

[28] зарплата

[29] да (иврит)

[30] Я новый репатриант я. Я очень большой ученый. Ты понял? (безграмотный иврит с вкраплениями английского)

[31] Два двудневья. День и еще день. (безграмотный иврит)

[32] В бутылке для чая! (иврит)

[33] Можно и кофе...

[34] Есть у тебя мало-мало водки?

[35] Терпение (иврит)

[36] Все будет в поряке... (иврит)

[37] больничная касса (иврит)

[38] Да-да! Серьезно! Они даже убили суку мою! Чудовища! Сразу же после ее репатриации!

[39] возрождая иврит, как разговорный язык, Бен Иегуда придумал немало неприжившихся сочетаний для несуществовавших в древнееврейском языке современных слов

[40] сельское поселение

[41] библейское имя

[42] израильский писатель, изображен на 50-шекелевой купюре

[43] текст, читаемый в течение несколких часов во время пасхальной трапезы

[44] аттестат зрелости

[45] старожилы (иврит)

[46] подрядчик (иврит)

[47] эфиопская еврейка

[48] ипотечная ссуда

[49] спецподразделение, бойцы которого маскируются под арабов

[50] новый репатриант

[51] «маленький иврит»

[52] врач, ставивший эксперименты на узниках концлагеря

[53] в обычном ивритском тексте обозначаются только согласные звуки

[54] религиозное учебное заведение

[55] богобоязненные

[56] специальный навес для жениха и невесты на еврейской свадьбе

[57] праздничный меховой головной убор ультраортодокса

Also by Елизавета Михайличенко и
Юрий Несис

TALITHAKUMI
TALITHAKUMI или ЗАВЕТ МЕЖ ОСКОЛКАМИ
БУТЫЛКИ
TALITHAKUMI (книга 2) СЛЕПАЯ КЛАВА

Детективы. Русский еврей Бренер в израильской полиции
История первая "Трое в одном морге, не считая собаки"
История вторая "Ахматовская культура"
История третья "Неформат"

Standalone
Повестка в Венецию. Нижние ноты.